前世 夫が今世、
王太子になってこっちを見てくる

吉高花

B's-LOG BUNKO
ビーズログ文庫

Contents

前世
愛のない結婚をした夫が
今世、
王太子になって
こっちを見てくる
人物紹介
サイラス・ヘリオス・アトラス
アトラスの王太子で、全女性が憧れる存在。『神託の乙女』の中から妃を決めることになっている。前世の夫とそっくりな姿で、エスニアの前に現れる。
エスニア・カーライト
カーライト伯爵家の令嬢。多忙な人生を送った前世の記憶を持つため、「ぐうたらな生活」を目標にしている。『神託の乙女』に選ばれ王宮に向かうが——!?

神託の乙女

エリザベス

トレーン伯爵家の令嬢。
とても明るく、
王太子の熱烈なファン。

アマリア

タルディナ侯爵家の令嬢。
所作が上品で、
高貴な空気を纏う。

フローレンス

コルカド公爵家の令嬢。
優しそうな雰囲気を持つ。

エレナ

ソード伯爵家の令嬢。
大人しい印象。

アルベイン

サイラスの側近。
銀縁眼鏡が特徴で
真面目。

カーライト伯爵夫人

エスニアの継母。
血の繋がらないエスニアに
辛く当たる。

イモジェン

エスニアの異母妹。
甘やかされて育ち、
わがままな性格。

イラスト／ゴゴちゃん

プロローグ『神託の乙女』

「どうして！　どうしてイモジェンではないの！　イモジェンの方が何百倍も美しくて可《か》愛《わい》らしくて王太子殿下《でんか》に相応《ふさわ》しいのに！」

　カーライト伯爵《はくしゃく》夫人《ふじん》が激しく大声で叫《さけ》んでいた。

　そんな場面を目の当《ま》たりにして、私は薄汚《うすよご》れた下級使用人の格好のまま驚《おどろ》いて部屋の入り口近くで固まった。

「あー、王宮はエスニアとイモジェンを間違《まちが》えたのではありませんか？　もしかして『神《しん》託《たく》の水盤《すいばん》』はカーライト家の娘《むすめ》と言ったのでは？　それならばきっとイモジェンのことだと……」

　夫人のあまりの剣幕《けんまく》に、頭髪《とうはつ》の半分ほどが儚《はかな》くなってしまっているカーライト伯爵《はくしゃく》が恐《おそ》る恐るといった感じでそんなことを言い出した。

　その言葉を聞いて初めて、私はこの家に『神託の乙女《おとめ》』に関する使者が来ていたのだと知った。

　何か屋敷《やしき》の中が騒《さわ》がしいと思ったら、まさかそんなことが起きていたとは。

「そうですよ！　絶対にイモジェンです！　使者さまも見てください！　この娘の素晴《すば》らしさは使者さまの目にも明らかでしょう！　さあさあイモジェン、涙《なみだ》を拭《ふ》いて。使者さまにあなたの素敵《すてき》な笑顔《えがお》を見ていただきましょう。そうしたら使者さまだってきっとわかってくださるわ」

「そうですわねお母さま……使者さま！　私、『神託の乙女』として頑張《がんば》ります！　そしてきっと王太子殿下のお心を射止めてみせますわ！」

しかし使者さまは困惑《こんわく》したように言った。

「『神託の水盤』は、そのような曖昧《あいまい》な表現はいたしません。国王陛下は『エスニア・カーライト』さまというお嬢《じょう》さまをお呼びです。そちらにいらっしゃるイモジェンさまの他にも、エスニアさまというお嬢さまがこの家にいらっしゃるはずです」

「そんな名前の娘なんて私にはいませんわ！」

即座《そくざ》に夫人が叫んだ。

「ここの娘は私だけよ！」

「しかし貴族年鑑《ねんかん》によれば、このカーライト伯爵家にはエスニアさまというお嬢さまもいらっしゃるはず」

「ああ……ええと、それではどうでしょう。『神託の乙女』としてイモジェンを我が家《わがや》から出し、エスニアをイモジェンの侍女《じじょ》として付き従わせます。それで王宮で、どちらが本当に『神託の水盤』が選んだ娘なのかをご判断いただくというのは」

「ではエスニアさまというお嬢さまもいらっしゃるということですね？　その方は今どちらに？」

「そんな娘は私にはおりません！」

即座に夫人が叫ぶ。

「では今カーライト伯爵が仰《おっしゃ》った、侍女につけるエスニアというのは」

「あんなみすぼらしい娘を使者さまにお見せするなんて、恥《は》ずかしくてできませんわ！　あれは我が家の恥《はじ》です！　ましてや『神託の乙女』になんて、あり得ません！」

そう叫ぶ夫人に、出《い》で立《た》ちも煌《きら》びやかな使者さまは冷たい視線で静かに告げた。

「『神託の水盤』はかつて、貧困《ひんこん》にあえぐ平民を指名したことさえあるのはご存じですね？　今どのような状態でも、とにかくエスニアさまをここへ呼んでください」

「あれはこの家からは出しません！　家の恥なのですから！　あんなのが王宮に行っても我が家の恥をさらすだけです！　それよりずっとこのイモジェンの方が、全てにおいて素晴らしいのをどうしておわかりにならないのですか！　誰がどう見ても明らかではありませんか！」

もはや夫人はパニックになっていて、使者さまにイモジェンがいかに素晴らしいかをとにかくひたすらまくし立てた。

しかし、使者さまはあくまで冷静だった。

「とにかく、その『エスニア』という名前の人物をここに呼んでください。私は王の代理としてここに来ています。これは王命なのです。逆らうことは、反逆とみなされます。それでもよろしいのですか？」

とうとう「反逆」という言葉まで出たところで、ようやく夫人は黙《だま》った。

もうぐっしょりと濡《ぬ》れたハンカチでまた汗《あせ》を拭き拭き、カーライト伯爵は渋々《しぶしぶ》言った。

「……エスニア。王宮の使者さまにご挨拶《あいさつ》しなさい」

「はい、お父さま。使者さま、はじめまして。私がエスニア・カーライトでございます」

そうして初めて私の姿が使者さまの視界に入ったのだった。

「ああ！　あなたがエスニアさまなのですね。それではエスニア・カーライト伯爵令嬢《はくしゃくれいじょう》。あなたは今代の『神託の乙女』に選ばれました。つきましては至急、王宮へお越《こ》しください。国王陛下がお待ちです」

突然《とつぜん》、バターン！　と大きな音がした。

私の継母《ままはは》が失神して倒《たお》れた音だった。

私のお母さまが死んだのは、私が十四の時だった。

その後すぐにお父さまは、愛人だったらしい継母と再婚《さいこん》した。

継母は、私の異母妹と異母弟《いぼてい》を連れてこの館にやってきて、この館の新たな女主人におさまった。

「私は跡継《あとつ》ぎを産んだんだから、ここの女主人になるのが当然なの！　なのにあんたの母親は跡継ぎも産めなかったくせにだらだらとこの家に居座《いすわ》って、本当に迷惑《めいわく》ったらありゃしない。しかもそのせいで私が今まで待たされたなんて許せない！」

そう言われた時から、私はこの家の娘ではなくなってしまった。

今このカーライト伯爵家の子として暮らしているのは異母妹イモジェンと、まだ幼い異母弟ロクサムのみ。

その後私はただの一使用人として、ひたすらこき使われる日々になった。

「本当はあんたがまだこの家にいるなんて許せないのよ。でも、ま、そのうちあんたのいい使い道が見つかるでしょう。それまでは追い出されずに、まだここに住まわせてもらっていることにせいぜい感謝なさい」

使い道というのは、おそらく政略結婚《けっこん》のことだろう。

だから私はそのうち、どこかの金か地位があるだけの年寄りとか評判の悪い男とか変態趣味《しゅみ》のある男にでも無理矢理嫁《とつ》がされるのだろうと思っていた。

だけれど今、いきなり奇跡《きせき》は起きた。

なんと私は『神託の乙女』に選ばれたのだ！

この国で『神託の乙女』の五人に選ばれるということは、素晴らしい嫁ぎ先と幸せを約束されたと言っても過言ではない。

なにしろかつての偉大《いだい》な大魔術師《まじゅつし》により作られたという王家所有の神器『神託の水盤』は、未来の王妃《おうひ》に相応しい、優秀《ゆうしゅう》で善良な女性を確実に選び出すということがよく知られているのだから。

それはこの国で何百年という長きに渡《わた》り、確実に素晴らしいと讃《たた》えられる王妃を代々選出してきた歴史が証明していた。

神器『神託の水盤』は、その時代の王太子が二十歳《はたち》になった時に神殿《しんでん》の奥で稼働《かどう》させる魔道具《まどうぐ》である。

その『神託の水盤』により選ばれた『神託の乙女』五人は即座に集められて王宮で一定期間を過ごし、その間に王太子と交流を持つ。

そしてその五人の中で王太子と恋《こい》に落ちた乙女が王太子妃として選ばれるというのが昔からの決まりだ。

代々の王太子は毎回『神託の乙女』の中の一人とまたたく間に恋に落ち、自ら結婚へと突《つ》き進《すす》むと言われている。

そして残念ながら王太子と恋に落ちなかった四人の乙女たちにも、その後『神託の水盤』に選ばれたという理由により、求婚者《きゅうこんしゃ》が殺到《さっとう》することになるのだ。

神器により「王妃に相応しいほど素晴らしい人物である」と認められた乙女たちの評価はとてつもなく高い。

だから『神託の乙女』を迎《むか》え入《い》れたい家はそれこそ山ほどあり、乙女たちはその中から選ぶことさえできる。

だがその『神託の乙女』たちはさすが『神託の乙女』に選ばれるだけあって、家の大きさや財産、家格などといったことに囚《とら》われることなく心から愛した人のもとへ嫁いでいき、その家を繁栄《はんえい》に導くと言われている。

だからそんな幸せな人生をと願うこの国の親たちは、自分の娘がいつか『神託の乙女』に選ばれるように幼い頃《ころ》からしつけに厳しくお勉強に励《はげ》ませ、常日頃《つねひごろ》から道徳心や慈愛《じあい》の心を持つように言い聞かせて育てる。

そして歴代の王と王妃の愛情あふれるたくさんの逸話《いつわ》や、それぞれ愛する人の家に嫁いでいった乙女たちの幸せな恋愛《れんあい》や人生の逸話を聞きながら、この国の女の子たちもいつか自分もと憧《あこが》れて育ってゆく。

もちろん私もそんな物語に憧れた一人だった。

もしも『神託の乙女』に選ばれたら、素敵な人と結婚して幸せな人生を送れる。

つまり、たとえ私がどんなにぐうたらしていても笑って許してくれるような、そんな寛《かん》大《だい》で優《やさ》しい人と結婚して、今世こそのんびりした自由な人生を送れるに違いない——


前世で私は魔術師だった。

そう、私には前世の記憶《きおく》があるのだ。

前世の私は孤児《こじ》とはいえ魔力《まりょく》をとても多く持っていることがわかったので、とある高名な魔術師の元に引き取られて幼い頃から修業《しゅぎょう》していた。

ただ魔力が多いからといって、それだけで何でもできるわけではない。

正しい知識と技術を身につけ、その技《わざ》に魔力を注ぎ入れて初めて魔法《まほう》は発動する。

だから魔術師の卵となったその日から、とにかく毎日夜遅《おそ》くまで、ひたすら勉強と修業の日々だった。

勉強し、実践《じっせん》し、失敗して痛い思いをすることも多かったから、辛《つら》いと思ったこともある。

その上比較《ひかく》的体が小さい女性だった私は、力仕事を免除《めんじょ》される代わりに先輩方《せんぱいがた》から押しつけられた細々とした雑事に忙殺《ぼうさつ》される日々だった。

でも他に行くところのない私には、立派な魔術師になる道しかなかったのだ。

なんとか居場所を手に入れたとはいえとにかく常に忙《いそが》しかった私は、いつしか将来は何にも考えなくていい、のんびりした時間を過ごすことに憧れるようになった。

だから今世は貴族の家に生まれたと知り夢が叶《かな》ったと喜んだのもつかのま、なんと今度は貴族の家に生まれたがために、厳しい令嬢《れいじょう》教育が私を待ち構えていた。

幼い頃からの礼儀《れいぎ》作法や、歴史や外国語の勉強にダンスや楽器や歌の練習。

礼儀作法は常に優雅《ゆうが》で美しく、歴史は時代ごとの王さまや王妃さま、時の英雄《えいゆう》の記録だけでなく各時代の経済、政治、思想を深く理解し、ダンスは五種全てを完璧《かんぺき》に踊《おど》れなければならず、楽器は少なくとも三種、できれば五種を嗜《たしな》むことが推奨《すいしょう》される。

語学は古代語を含《ふく》めた複数語を習得し、歌は正しい姿勢かつ美しい発声で、歌える歌は多ければ多いほど良《い》い。

もちろん全て、幼い頃から専属の教師がついて猛《もう》特訓である。

特にその最終的な目標は『神託の乙女』になって王太子妃、ひいては王妃になることなので、歴代全ての王妃については名前だけでなくその肖像《しょうぞう》画とともにその人がどのように素晴らしい人物だったか、どのような偉業《いぎょう》を成《な》し遂《と》げたのかといったことを、それは詳《くわ》しく学ぶのだ。

つまり『神託の乙女』を目指すこの国の一般《いっぱん》的な令嬢教育は、内容も膨大《ぼうだい》で要求水準もとても高く厳しいものだった。

しかもそれらをやっと一通り習得して、さあ結婚相手を探すために社交界にデビュー、というところで今度は使用人としてくるくると働く生活になってしまった。

人生二度目なのに、いつまで経《た》っても夢は叶えられない。

どうもあの私の前世は、家にある歴史書を見るかぎりだいたい前時代の終わりあたりのようだ。

なにしろ魔術師という職業が、実は五百年以上も前に絶滅《ぜつめつ》したらしいのだから。

この国は、私の記憶にある前世の時代のもう少し後あたりで、突然《とつぜん》攻《せ》め入《い》ってきた隣国《りんごく》との戦争に負ける。

そしてその後は軍事国家だった隣国が我が国で発展していた魔法を脅威《きょうい》に感じて全ての魔法書を焼《や》き払《はら》い、魔術師を迫害《はくがい》してこの国を支配した暗黒の時代となる。

その結果、我が国から魔術師や魔法といったものが消えた。

それでも密《ひそ》かに口伝で魔法を受《う》け継《つ》いだとある魔術師が苦難の末にやっと国の独立を果たして王になった時には、すでにほとんどの魔術が失われていた。

だから今のこの国の人たちは、誰もが魔力を持っているのに、その魔力を使う術を何一つ持っていない。

だがそれでも今は国が問題なく成り立っているので、いまさら魔法を復興させようとする人も少なく、私も前世はそんなにたいした魔術師ではなかったので、今特別に何かができるわけでもなかった。

でも、ああ、あの時もっとたくさん勉強していたら、今何か役に立てただろうか。

結局、前世の影響《えいきょう》か今も魔力だけは山ほどあるのだが、それを私は完全に持て余していた。

なにしろ使い道がないのだ。

今までで私の魔法が一番役に立ったのは、幼い頃に暖炉《だんろ》の薪《まき》に火をつけた時くらいだ。

「ほんとエスニアの魔法は便利ねえ」

昔、私の母がそう言って喜んでくれたのが、今の私の魔法についてのほぼ唯一《ゆいいつ》の思い出である。

まあ正直なところ、今回どうして私が『神託の乙女』に選ばれたのかはわからない。

もっと綺麗《きれい》で教養もあって性格も良い人なんて山ほどいるだろうに。

だがとにかく選ばれたのなら、この話には乗るしかない。

長い長いこの国の歴史の中で、きっと私と同じようにどうして選ばれたのかわからない娘が混じったこともあったはず。

だからまあ、ここは素直《すなお》に喜ぶことにする。

何故《なぜ》かなんて考えても、どうせ答えなんて誰《だれ》も持っていないのだから。

なにしろその失われた前時代に存在した伝説の大魔術師の一人が作ったという神器『神託の水盤』が、どうやって乙女たちを選んでいるのか、もはや誰にもわからなくなっているのだ。

今はもうそんな高度な魔法を作るどころか理解できる人さえいないので、もしもそんな前時代の遺構が壊《こわ》れでもしたら、修復さえもできないらしい。

だから。

わーい選ばれた、嬉《うれ》しいな。

ありがとう前時代の遺構を守り続けてくれた人たち。

おかげで私は第二の人生を得られそうです。いや第三か？

これで私はどこかの老人や変態と結婚せずに済むだろうし、なんなら優良で善良で素敵な人と結婚できるだろう。

そう、どんなに私がぐうたらしていても文句を言わないで笑って許してくれるような。

そんな素敵な人生を今度こそ私は手に入れるのだ！

ああ今世こそ、ぐうたらして生きていきたい。

でも万が一でも王太子妃になんてなったら、ぐうたらできないのは明白だ。

歴史上の王妃たちはみな、それはそれは働き者で一生を国のために捧《ささ》げた偉人《いじん》ばかりなのだから。

だから私はあえて落選する。それならきっと簡単だ！

そんな脳天気かつ不誠実な覚悟《かくご》で、私は『神託の乙女』がしばらく過ごすという王宮に乗り込んだ。

第一章　新しい生活

集められた『神託《しんたく》の乙女《おとめ》』たちは王宮で一ヶ月から二ヶ月ほど、一緒《いっしょ》に過ごしながら時の王太子と交流を持つことになっている。

なにしろ『神託の水盤《すいばん》』が選んだ乙女と王太子は、あっという間に恋《こい》に落ちてしまうのでそれくらいの期間で十分らしい。

さすが『神託の水盤』。今回もきっといい働きをしたに違《ちが》いない。

私の他に選ばれた乙女たち四人はみんなそれぞれにとても美しく、中身も良《い》い人たちだった。

「はじめまして。これからよろしくお願いしますね」

そう言って微笑《ほほえ》むのは、この国でも特に高貴なコルカド公爵令嬢《こうしゃくれいじょう》フローレンスさま。

優《やさ》しそうな栗色《くりいろ》の髪《かみ》の令嬢だ。

「はじめまして。こんなことになって驚《おどろ》いていますわ……」

そう言って困惑《こんわく》しているのはソード伯爵《はくしゃく》令嬢エレナさま。輝《かがや》くブロンドの大人しそうな方。

「よろしくお願いします！　みなさまとご一緒できて光栄ですわ！　ああこんなことになるなんて、なんという幸運でしょう！　みなさまそう思いません？」

一番元気なトレーン伯爵令嬢エリザベスさまは、情熱の赤い髪がよく似合う、とても明るい方だった。

「みなさまよろしくお願いしますわ。しばらくご一緒ですわね」

一番落ち着いているように見えるタルディナ侯爵令嬢《こうしゃくれいじょう》アマリアさまは、艶《つや》やかな黒髪が印象的で、所作もとても上品な私が一番美しいと思った方でもある。

「あの……よろしくお願いいたします……」

それに対してこの場のあまりの煌《きら》びやかさにすっかり気圧《けお》されて縮こまる私。

美しい令嬢たちの華《はな》やかなドレスと比べたら明らかに流行遅《おく》れの、着古した感のあるみすぼらしいドレスをまとった私の姿は鏡を見るまでもなく浮《う》いていた。

しかもこの国でも珍《めずら》しい私の銀色の髪は全く艶がなく、このキラキラしい光景の中ではほぼ白に見えているだろうなと、ちょっと悲しくなった。

でもだからといってそんな理由で差別などするような人たちではなく、みなさんが私の出《い》で立《た》ちには全く触《ふ》れずに優しく接してくれたのが嬉《うれ》しかった。

（なんて良い人たちなんでしょう……！）

初めて出来た同年代のお友達。

　私はこれからの生活が楽しみになった。

　さて最初の顔合わせの時にはそんな悲しい状況《じょうきょう》だった私も、ありがたいことに王宮の『神託の乙女』たちは一番本人らしい状態で王太子に出会うべし」という信条のおかげで王宮の使用人たちによってあれこれ磨《みが》かれ、さらには美味《おい》しい食事やお茶で癒《い》やされて、一週間もするとそこそこ見られる令嬢に変わっていった。

　いやあ人って、手間暇《てまひま》をかけるとこんなに綺麗《きれい》になるものなのね？

　白髪《しらが》にしか見えなかった私の髪もなんとか銀に見えるくらいには艶を取《と》り戻《もど》し、美味しい豊かな食事で血色も良くなった。

　痩《や》せぎすだった体も心なしかふっくらとして、健康そうな体になった。

　もちろん他の四人に比べたらまだまだだけれど、それでもさすがは王宮にお勤めの使用人たち。

　彼ら彼女らの高度なお仕事のおかげで、突貫《とっかん》工事にしてはそこそこ綺麗になった気がして私は嬉しかった。

　私たちは王宮に着いたその日から、それぞれ平等に部屋をあてがわれ、何着ものドレスをあつらえられ、専属の侍女《じじょ》までをもあてがわれて、王宮の中で何不自由なく暮らせるように全てがお膳立《ぜんだ》てされていた。

そんな中で私たちはいつも五人で一緒に食事やお茶をして、常に語らい、次第《しだい》に打ち解け合って仲良くなっていった。

するとお互《たが》いの置かれている状況や悩《なや》みなんかも打ち明けるようになり。

たとえばコルカド公爵令嬢のフローレンスさまは、なんと臣下である自分の護衛騎士《きし》のことが好きだという。

「だから私はサイラス殿下《でんか》に選ばれなくてもいいの。もう少し彼との時間を過ごせるなら、その方が嬉しいから」

そう言って大切な思い出を思い出しているような顔をするのだ。

「まあ、その恋が成就《じょうじゅ》するといいわね。でも、なかなか公爵令嬢という立場では臣下との結婚《けっこん》は難しいものよねえ」

エリザベスさまが複雑そうな顔をして言った。

「ええ、だからそれはもう諦《あきら》めているのよ。でも、それでも今はもう少しの間だけでも、彼の近くにいたいと願っているの」

そんな風に言って頬《ほお》を染めるフローレンスさまは可愛《かわい》らしかった。

だからある日、真っ青になって今にも泣き出しそうな様子のフローレンスさまに私たちは驚いた。

「彼が……彼が戦地に行くことになったと連絡《れんらく》が……」

まだ隣国《りんごく》との国境沿いでは、諍《いさか》いが頻発《ひんぱつ》している。

フローレンスさまのお父さまの命令で、彼はそこに赴任《ふにん》が決まったそうだ。

「フローレンスさまが『神託の乙女』に選ばれて護衛の役目がお休みになったものね。そしてきっと、フローレンスさまの嫁《とつ》ぎ先が決まる前に引《ひ》き離《はな》して遠くに行かせることにしたのでしょう」

冷静なタルディナ侯爵令嬢アマリアさまが悲しそうに言った。

きっとフローレンスさまのお家《うち》では、フローレンスさまが王太子妃《ひ》にならなくても『神託の乙女』になったからには良い嫁ぎ先が選び放題になると考えたのだ。

そんな状況で騎士とはいえ臣下に嫁《よめ》にやる気はないということだろう。

「国境沿いでは今も死者がたくさん出ていると聞いているわ。ああ私のせいで彼が死んでしまったらどうしましょう……」

そう言って悲しみにくれるフローレンスさまがあまりに可哀相《かわいそう》だったので、私は魔法《まほう》を込《こ》めたお守りを作ってフローレンスさまに渡《わた》そうと思い立った。

お守りならそれほど難しくはないし、実は前世で散々作ったから慣れている。

私の魔法がこの時代にどれだけ効果を発揮するかはわからないけれど、それでも少しでも助けになれば……。

私は夜に自室で一人になると、身体強化と幸運を願う魔法陣《まほうじん》をさらさらと紙に描《えが》いた。

そしてその紙で魔法を効果的に保つためのいくつかの薬草や素材を丁寧《ていねい》に包む。

「怪我《けが》をしないように。何者にも負けないように。誰《だれ》よりも強い体と力が備わるように。生き残れ。とにかく無事に生き残れ！」

そうして出来たものを綺麗な袋《ふくろ》に入れて魔力《まりょく》を込めると、出来上がり。

大怪我がかすり傷になればいい。

飛んできた凶器《きょうき》が少しだけそれてくれればいい。

そう思って。


フローレンスさまはそのお守りをとても嬉しそうに受け取って何度もお礼を言ってくれたので、私はなんだか嬉しくなった。

顔も名前も知らないその人が無事に帰ってきて、フローレンスさまとできるだけ長く一緒に過ごしてくれたらいいな。そう思った。

そして私のささやかな魔法で誰かが笑顔になるのは嬉しいことだなとも、改めて思った。

「あら！　何それ素敵《すてき》ね！　いいなあ、もしよかったら私にも作っていただけない？　たとえば恋愛成就《れんあいじょうじゅ》のお守りとか！」

フローレンスさまに渡したお守りを見て、そう言ったのはエリザベスさまだった。

エリザベスさまは、なんと『神託の乙女』に選ばれる前からのサイラス王太子殿下の熱《ねつ》烈《れつ》なファンだったそうで。

だからもう『神託の乙女』に選ばれた時はそれは大喜びをしたという。

今でも隙《すき》あらばひたすらサイラス殿下の素晴《すば》らしさを語る人だった。

なのでこの前私がうっかり、

「そういえば王太子殿下ってどんな方なのかしらね？」

なんて言ってしまった時はもう大変だった。

「ええ⁉　エスニアったら！　あなたこの国の令嬢なのにサイラス殿下を知らないってどういうこと⁉　サイラス殿下はね、あの王立学院を首席でご卒業された天才なのよ！　しかも容姿端麗《たんれい》、性格もと～っても優しくて！　もう全女性の理想の男性なの！　あの方を知らないなんてあなたの人生、とっても損しているわよ！　ああもうあの方に見つめられたら、それだけで私失神してしまうかも！」

などと延々と熱く語られたものだ。

「そのサイラス殿下はこの中の誰と恋に落ちるのかしら。楽しみね。エリザベスさまがお相手だったらサイラス殿下も毎日が楽しそう」

フローレンスさまがにこにこしてそう言うと、それを聞いたエリザベスさまがさらに叫《さけ》んでいた。

「あの麗《うるわ》しのお顔を！　毎日近くで見られるなら私はなんだってするわ！　その上愛の告

白なんてあった日には、ああ私……心臓発作《ほっさ》で死んじゃうかも……！」

どうやら「サイラス王太子殿下」という人は、なかなか評判が良くて見た目も素晴らしく美しいらしい。

国中に王太子殿下を崇拝《すうはい》する人たちが山ほどいるという。

……へえ。

でも私、うっかり綺麗な顔は見慣れているからねえ。

残念ながら容姿では惹《ひ》かれないだろうなあ。

その時ふと、思い出した。

「生まれ変わっても、また一緒になろう」

そう言って泣いていた、とてもとても美しい顔を。


私は前世、結婚していた。

あの時代、たいていの人は結婚するものだった。

私も別に大恋愛《れんあい》の末なんてことは全くなく、単に私が年頃《としごろ》になった時に、私の師匠《ししょう》が薦《すす》めた人とそのまま結婚したのだ。

あの時代、師匠や親など目上の人が薦める人と恋愛をせずに結婚するのはよくあることだった。

だから仕事と修業《しゅぎょう》と勉強で恋愛どころでなかった私を心配したらしい師匠が、他の弟子《でし》たちにするのと同じように、私にもその兄弟子《あにでし》を薦めてくれたのだ。

その人は、やっぱり私と同じように魔法の仕事と勉強と修業ばかりの、いわば似たもの同士だった。

顔が素晴らしく良いおかげでたくさんの女性が寄ってくるのに、熱く語る内容が魔法の話ばかりのせいですぐに女性に逃《に》げられてしまう人。

魔法の話になると目が輝くのに、それ以外の話の時にはつまらなそうにする人だった。

おそらく彼は、私の山ほどある魔力量が気に入って私との結婚に同意した。

私は、私を殴《なぐ》らない人なら誰でもよかった。

だから私たちは「じゃあこれからよろしく」と、他人行儀《たにんぎょうぎ》な挨拶《あいさつ》をして特に何の感慨《かんがい》もなく一緒になった。

それでも今思えば彼との生活は、忙《いそが》しくもそれなりに楽しかったと思う。

些細《ささい》なことにも笑い合って、二人で仲良く過ごした日々。

情熱はなくても明るく賑《にぎ》やかな、平凡《へいぼん》だけどそれなりに笑顔のある楽しい生活。

そんなに長い間、一緒にいられたわけではなかったけれど。

まあつまり今思うのは、どんなに綺麗な顔でも毎日見ていれば慣れるということだ。

たまに「本当に綺麗だな」と思うことはあっても、普段《ふだん》は見慣れたいつもの夫の顔になる。

だから私はサイラス殿下の顔にはあまり興味がなかった。

ついでに王太子妃という地位にも全く興味がない。

王太子妃になんてなったら、一生を公務で塗《ぬ》り潰《つぶ》される人生になると思うと、そんなの頼《たの》まれても絶対に嫌《いや》だ。

（私はのんびり生きたいの……！）

まあこのままならきっとエリザベスさまが選ばれるに違いない。

もしくは一番美人で賢《かしこ》そうなアマリアさまか。

うっかり私には前世で夫を持っていた記憶《きおく》があるので、結婚生活に夢も期待も何も持っていない。

だから、そう。

どうせ結婚するなら私がのんびり好きなことだけをしていても怒《おこ》ったりしない、寛容《かんよう》で、ほどほどの地位でほどほどに豊かな人がいい。

そして私は平凡だけど、ゆったりとした自由な人生を送るのだ。

ということで、王太子には全く何の期待も興味もない私はそのサイラス殿下への謁見《えっけん》に、王宮の侍女たちにこれでもかと飾《かざ》り立《た》てられつつも何の感慨もなく、一介《いっかい》ののんきな見学者の気持ちで臨《のぞ》んだのだった。

重々しい扉《とびら》が開き、私たちは玉座の前まで進み出て揃《そろ》って深々と礼をする。

そして顔を上げるとそこには、国王陛下と王妃陛下、そしてその横に立っているのがおそらく王太子……って、なぜ王さまがいるのかな……？

と、私は思わず、なにやら楽しそうな顔でにやにやしながら玉座に座っている王さまを凝視《ぎょうし》してしまった。

王太子との謁見ではなかったか……？

どうやら他の四人も同じだったようで、きょとんとする私たちを見て、王さまはさらに意味深な顔で笑っていた。

しかしその時、口を開いたのはサイラス王太子殿下だった。

「みなさまよくいらっしゃいました。私が王太子サイラス・ヘリオス・アトラスです。これからどうぞよろしく」

そのゾクッとするような美しい低音の声に、私たちははっと一斉《いっせい》に王太子殿下の方を向いた。

そして。

私の顔が、盛大《せいだい》に、歪《ゆが》んだ。

きっとその時の私の顔はこう言っていたに違いない。
なにしろそこにあったその顔は、なんと前世の夫の顔そのものだったのだから！
――なぜ……？
なぜあなたがそこにいるのか。

って、いやいやいや、さすがに単なる他人のそら似だろう。
きっと今は緊張《きんちょう》で、私の頭が混乱しているのだ。そうに違いない。
なにしろ前世のあれは、何百年も前の人なのだから。
と、気を取り直したその時だった。
ふとサイラス殿下の目が私の顔を捉《とら》えた。そして。
私は見た。
にっこりと、満足げな笑みを……！
あの顔は知っている。前世で見たことがあるぞ。
そうあれは「思い通りになってとても満足」の顔だ！
「う……美しい……生の微笑みがあまりに神々《こうごう》し……いいえ、もはや神……」
そんなエリザベスさまの呟《つぶや》きが隣《となり》から聞こえてきたような気がしたが、私はそれどころではない。

ゾクッとしたのはその声に聞き覚えがあったから。

あれが「微笑み」なんかじゃないのを知っているのは、前世で散々見ているから！

なぜ……？

私は改めて壇上《だんじょう》の王太子殿下を凝視したが、もう今の殿下は無難な微笑みを浮かべているのみ。

その後私たちは王家の方々に一人ずつ形ばかりの挨拶をし、王さまの、

「では、みなサイラスと仲良くしてやってください。あなたたちの誰が王太子妃になっても我々は歓迎《かんげい》しますよ。なんなら全員うちの息子《むすこ》の嫁に欲《ほ》しいくらいだ！　はっはっは！」

というご機嫌《きげん》なお言葉をいただいてから謁見の間を辞した。

表面上はしずしずと下がったが、正直、私は困惑で頭が混乱したままだ。

サイラス……そう、サイラス！

そういや前世の夫の名前もサイラスだった。

珍しくもない、よくある名前だから全然気付かなかった！

「生まれ変わっても、また一緒になろう」

でもそう言って泣いていたあの人は、たしかに魔術師《まじゅつし》だった。

けっして王太子どころか王族でも貴族でもなかった。

なのに。

どうして。

いやそれより待って？

「生まれ変わっても、また一緒になろう」

それで私はあの時、なんて返事をした……？

あれは、私のいまわの際の場面だ。

彼は私の死を察して泣いていて、そしてあの言葉を言った。

私の前世の最後の記憶。

いつもは飄々《ひょうひょう》としていた人が、初めて号泣《ごうきゅう》していることに内心驚いたっけ。

でも、その言葉に私はどう答えたのか覚えていない。

答えられたのかさえも。


「サイラス殿下がお優しそうな方で安心しました……！」

そう言ってエレナさまは喜んでいた。

「あの服の下、あれはなかなかの筋肉よ！　なんて素晴らしい体躯《たいく》。これはぜひとも訓練しているところを見学させていただかなければ……！」

とフローレンスさまが意気込んでいた。

「五人の女性に対して完全に平等に扱《あつか》ってくださいましたわね。色目を使ったり早速《さっそく》お気に入りを見定めようとしないあたり、誠実な方のようにお見受けしましたわ」

とアマリアさまが褒《ほ》め、

「ああ神に感謝します！　こんなに間近に殿下のお姿を拝見できるなんて‼　しかも私の目を見て優しく微笑まれた時のあの顔……！　もうどんな絵姿よりも本物の方がやっぱりはるかに美しかった！　ああ、あのご尊顔を間近に拝見する人生を送りたい」

とエリザベスさまがうっとりと大喜びしていた。

が。

「エスニアさま？　どうかなさったの？」

そう心配して聞いてくれるフローレンスさまに、私は曖昧《あいまい》な笑みを浮かべて「いえ別に」と誤魔化《ごまか》したけれど、おそらく私が全く喜んでいないことは他の人たちも感じていただろう。

だって完全に想定外で、どうしていいのかわからないのだもの。

あれは単なる過去の記憶であり、今世はちゃんと新しい人生を築くつもりだった。

新しい立場で、新しい人生を、新しい相手と。

でも前世の夫にも、しばらく一緒に暮らしていた記憶のせいで今もそれなりに情はあるわけで。

（それが、目の前に現れた？　しかも王太子だと？）

いやいや、私は今世こそはのんびり優雅《ゆうが》な新しい人生を送ると決めているのよ。

せっかく貴族の家に生まれ、『神託の乙女』にまでなったのだ。

ならば条件の良い貴族の家に嫁いで、思い描いていた優雅でのんびりとした貴族夫人生活がしたいじゃないか。

「あれほど美しい方の隣に立つのは、なんだか気後《きおく》れしてしまいそうですわ。とても素敵な方なのはわかるのですが……」

エレナさまがなんだか心配そうだ。しかし、

「大丈夫《だいじょうぶ》よ！　エレナだって『神託の乙女』に選ばれた女性なのですもの。堂々としていればいいの。王太子妃に必要なのは容姿ではなくて、殿下の愛なのよ！」

とエリザベスさまが力説していた。

そう、この中の誰かが王太子妃になる。

だけど私には、王太子妃になんてなる気は微塵《みじん》もないの。

まあ、あの人が今世も私と一緒になりたいと思っているかはわからないが。

でも、また今世もあの人と一緒にあくせく必死に働く人生じゃなくてもいいと思うの

……！

そんなの前世と何にも変わらないじゃないか。

いやそれどころか今世は歴史に名を残すような事態になる。

忙しいのは変わらずに責任と立場だけが前よりはるかに重いなんて、そんなの悲しいだけだ！

うん。

だから彼は彼で今世は王太子に生まれたのなら、王太子として王太子妃に相応《ふさわ》しい人と幸せになってください。

過去なんて関係ない。きっと。

生まれ変わったのなら、新しい人として新しい人生を。

まあ、あっちにも過去の記憶があるかはわからないし、なんならとてもよく似た他人であるという可能性もある。

いや、むしろその方が可能性としては高くないか？

だってさすがにそんな都合の良い偶然《ぐうぜん》が、そうそうあるとは思えない。

（大丈夫大丈夫……たぶん）

世の中、驚くほど似ている他人なんていくらでもいるはずだ……！

しかし問題はどうやってそれを確認《かくにん》するかなのだった。

謁見の後に私たちが言われたのは、王太子と『神託の乙女』との付き合いには一定の制約があり、しばらくの間は一対一で会ったり話したりはできないということだった。

「まさか抜《ぬ》け駆《が》けするようなお嬢《じょう》さまはいらっしゃらないと思いますが」

そんな余計な一言を付け加えつつ、これからの王太子殿下との綿密な交流スケジュールを伝えてきたのはマザラン公爵《こうしゃく》家嫡子《ちゃくし》で王太子殿下の側近だというアルベインさまである。

分厚い銀縁《ぎんぶち》眼鏡ばかりが目立つ、まさしく真面目一辺倒《いっぺんとう》といった感じの人だ。

アルベインさまはどうやら王太子と『神託の乙女』との付き合いを管理することになっているらしく、自分の目を盗《ぬす》んで勝手に王太子殿下に会おうなど、絶対にさせないぞという気迫《きはく》に満ち満ちていた。

おかげで謁見の日以降、私たちはアルベインさまの指示する場所、指示する時間に王太子殿下と一対五で交流する以外は王太子殿下に接触《せっしょく》することができなかった。

つまり、サイラス王太子にこっそりと接触して、「もしや前世の記憶がおありで？　どこまで覚えてる？」という確認ができないのだ……！

まさか他の人がいる前で、「あなたは前世の私の夫ですか？」なんて言うわけにはいかない。下手にそんなことをしたら、私の頭のまともさに疑問が生じてしまう。

この後条件の良い結婚相手を探さなければならないのに、そんなことにはなりたくない。

なので。
散々悩みに悩んだ結果、私はしばらくの間、大人しくしていようと考えた。
とにかく目立たず、騒《さわ》がず、影《かげ》のように空気のように。
できるだけ王太子の視界には入らない！
あのサイラス王太子という人が、どんな人なのかがわかるまでは。
いや、あの王太子が前世の夫とは別人だとわかる日までは。

第二章　疑惑と確信

私たち『神託《しんたく》の乙女《おとめ》』がサイラス王太子と交流を始めた当初、この王太子という人は「完璧《かんぺき》で素晴《すば》らしい王太子」としての態度を全く崩《くず》さなかった。

常に美しい微笑《ほほえ》みを浮《う》かべ、どんな所作も優雅《ゆうが》さを極《きわ》め、完璧で適切な受け答えをする。たとえ私たち五人が相手でもその全員に平等に微笑みかけ、話しかけ、誰《だれ》とでもにこやかに楽しそうに会話をする。

前世の夫とは顔と声以外は似ても似つかない、高貴な生まれの人特有のオーラが全身からこれでもかと滲《にじ》み出《で》ている正真正銘《しょうしんしょうめい》の王子さまだった。

だからエリザベスさまなんて、毎回サイラス王太子と交流した後は彼がどれだけ素晴らしい人物だったのかを、うっとりと熱く私たちに語ってしまうくらいには感激していた。

「こうして間近で拝見してもどこにも残念なところがないなんて、そんなことある⁉　でもサイラス殿下《でんか》は本当に全てが素敵《すてき》で……ああ私、もしかして夢を見ているのかしら、それとも天国に来ちゃったの⁉」

でもエリザベスさま以外の乙女三人もそれに反論するどころかにこにこと頷《うなず》いていると

いうことは、三人も同じように感じているのだろう。

それくらいには王太子として、いや一人の男性として完璧だったのだ。

だから私は少し安心し始めていた。

やっぱりあの人は最初に思ったような前世の夫なんかではなく、単にものすごく顔が似ている別人なのではないか、と。

ティーカップを持つその指先からさえもさすが王族としか言いようのない優雅さや気品が滲み出ている王太子と前世のあの夫が同じとは、見れば見るほど思えない。

いつも愛用しているマグカップの本体を手の平でがっしりと摑《つか》んでいるような、上品とはかけ離《はな》れていた過去の夫とは全然違《ちが》う。

きっと美しい顔というのは、突《つ》き詰《つ》めるとみんなこんな顔になるのだろう。

それに他の四人と私とで、王太子の態度や表情が変わることも全くない。

ということは、もし仮にサイラス王太子があの前世の夫の生まれ変わりだったとしても、きっと記憶《きおく》はないのだろう。

記憶がなければ、それはただ顔が同じなだけの別人だ。

ならばこのまま予定通りに私はただの『神託の乙女』の一人として王太子殿下と知り合い、そして王太子妃《ひ》選に落選すればいい。

うっかり前世の記憶があるせいで、令嬢《れいじょう》教育を受けた割には今でもあちこちについボロが出る私である。

あの完璧な麗《うるわ》しの王太子に一番似合ってないのは誰の目にも明らかだ。

(私はこのまま四人のうちの誰かが見事王太子殿下を射止めるのを、ただ眺《なが》めていればいい)

サイラス殿下との交流が進むにつれ、私は次第《しだい》にそう考えるようになっていた。

——そう、その日までは。


その日、サイラス殿下と『神託の乙女』たちは一緒《いっしょ》に王宮の庭園を散策していた。

この散策もあのアルベインさまが立てた計画らしく、護衛と一緒に私たちの後ろを少し距離《きょり》を置いてまるでお目付役のようについてきていた。

だから私が王太子たち一行から少しだけ遅《おく》れるようにしてみたら、アルベインさまがすぐ後ろに来たので話しかけてみたのだ。

「さすが王宮のお庭ですね。とても美しいですわ」

するとアルベインさまは、極太《ごくぶと》の銀縁《ぎんぶち》眼鏡をくい、と上げながら何の感慨《かんがい》もないような声で教えてくれた。

「この庭園は王宮専属の庭師が十八人で管理しております。季節ごとの花をバランス良く配置して、常に花が咲《さ》いているように管理されているのですよ」

「まあ、さすがですね。だから今もこのようにたくさんの花が咲い――」

「ところでエスニアさま、少しサイラス殿下から離れてしまったようですので、お戻《もど》りを。みなさま平等に殿下と親睦《しんぼく》を深めていただくためにご協力をお願いいたします」

「あ、はい……」

アルベインさまにそう言われてしまったら、私はサイラス殿下を囲む一団のしんがりに渋々《しぶしぶ》つくしかない。

しかし私はできる限りサイラス殿下とは距離を取ろうと努力している最中である。うっかり何かのはずみで気に入られるような可能性はできるだけなくすに限るし、それにたとえ別人なのだとしても、前世の夫と同じ顔の人と親しく話すのはさすがにちょっと複雑な気分になるのよ。

仕方がないのでとぼとぼと集団の一番後ろを歩いていたら、サイラス殿下が庭園の説明をする声が聞こえてきた。

「春になるとここは一面が綺麗《きれい》な黄色に染まるのですよ。母の好きな光景なので、庭師たちが特に丹精込《たんせいこ》めて世話をしてくれています。その頃《ころ》になると私も母に付き合ってよく一緒に散歩をするのですが、本当に壮観《そうかん》なんですよ」

穏《おだ》やかに語るサイラス王太子。

聞き覚えのある声なのに、その声が紡《つむ》ぐ言葉はやっぱり記憶の中の夫とは似ても似つかない。

魔術師《まじゅつし》だった前世の夫にとって、植物の価値は魔法《まほう》に使える薬草かどうかというその一点のみであり、美しさはどうでもいいようだった。

少なくとも私の記憶の中の彼は花をしみじみ眺めるどころか、その美しさについて語るなんてことはなかった。

「まあ、それはきっと素晴らしい光景なのでしょうね。でも今も十分美しいですわ。春以外にもその時々の美しさを保つ工夫《くふう》がされているのでしょう。とても優秀《ゆうしゅう》な庭師がいらっしゃるのですね」

アマリアさまが感心したように言っている。

サイラス王太子に微笑みかけるアマリアさまは、明るい陽光を受けていつもよりさらに美しく見えた。

「それにとてもいい香りがしますわ」

エレナさまもうっとりと言っている。

それは全てが上品で、穏やかな光景だった。

サイラス殿下は美しい微笑みとともに、様々な花だけでなく庭園の構造についても饒《じょう》舌《ぜつ》に語っている。

そんな殿下を見ていたら、そもそも庭というものに全然興味のなかった前世の夫を思い出して、私はまたちょっとほっとして、でもなぜかどこか寂《さび》しいような複雑な気分になっていた。

だがそんな王太子との庭園散策も終わりに差しかかった時のこと。

「ん？」

私は、庭園の端《はし》に、さらに奥へ続く道を見つけた。

私たちが散策しているような綺麗に整えられた広い道ではなく、ただ踏《ふ》み固《かた》められたせいで自然にできたような獣道《けものみち》に近い細い道と、そこにつけられた素朴《そぼく》な木の扉《とびら》。

それはひっそりと、生《い》け垣《がき》に隠《かく》れるようにさりげなく存在していた。

でもよくよく見ると明らかに今も誰かが使っているような感じがある。

「あらエスニア、どうしたの？　あら、この先にもお庭があるのかしら？」

私の様子にエリザベスさまが気がついて、同時に私が見ているものを見つけたようだ。

そんな私たちのところに、他の三人も何事かとやってきた。

「まあ、まるで隠れ家への秘密の通路みたいですわね」

エレナさまがなんだかわくわくした口調でそう言うと、

「ああ、そこは普段《ふだん》公開はしていないのです。行ってもあまり面白《おもしろ》くはないので」

サイラス王太子が後ろから、ちょっと驚《おどろ》いたように言った。するとすかさず、

「まあ、非公開なら仕方ありませんわね。興味は引かれますが」

アマリアさまが残念そうに言った。

「でもどうして非公開なのでしょう。この王宮の庭園に、見られたら困るようなものがあるとは思えませんが」

フローレンスさまも興味津々《きょうみしんしん》といった顔で言う。

「もちろん危ないものはありません。ただ、少々華《はな》やかさに欠ける場所なので」

しかしそんな王太子に、アマリアさまが満面の笑《え》みになって言った。

「まあ、侘《わ》び寂《さ》びというのも風情《ふぜい》があって良いものですわ。華やかさとはまた違ったお庭、ぜひ拝見してみたいですわね」

すると他の乙女たちも、アマリアさまに同調してぜひ拝見したいと言い出して。

複数でお願いされてしまったサイラス殿下はちょっと戸惑《とまど》いつつも、

「では特別にご案内しましょう。でもがっかりしないでくださいね」

そんな意味深なことを言ってから、自ら先に立ってその木戸を開いてくれた。

果たして、その先にあったのは。

「まあ……草？　薬草かしら？」

アマリアさまが戸惑ったように言うほどの、一面の草、草、草だった。

管理はされているのだろう。

区画分けされたそれぞれに、種類の違う草が生き生きと生《お》い茂《しげ》っている。

そう、それは。

(薬草園……しかも量も質もなんて素晴らしい……!)

私には一目でわかってしまった。

そこには魔法に使う様々な薬草が、辺り一面びっしりと植えられていたのだ。

見渡《みわた》す限り生い茂る、元気で健康な薬草たち。

風に吹《ふ》かれてそよぐ青々とした姿とかぐわしい香り。

ああ、なんて素晴らしい光景なのかしら……!

かつて魔術師だった時の自分がこの光景を見て、心の中で歓喜《かんき》の舞《まい》を踊《おど》り始《はじ》めた。

それほど私にとって、夢のような光景だったのだ。

(さすが王宮、なんて素晴らしい。いつか私もこんな素敵な薬草園を作りたい……!)

しかし一見すると花のない、ただうっそうとした緑一色の光景を見て驚く私たちにサイラス殿下が真面目な顔で説明をしてくれた。

「ここには、いろいろ薬効があると言われている薬草を集めているのです。ただ花もほとんどないこのような地味な畑なので、見ても楽しくはないだろうとあまり人にはお見せしていないのですよ」

「まあ、薬効……ではたとえば、この草にも何か薬効があるのですか?」

エレナさまが近くに生えている草を示して聞いていた。

「それは傷に効くのです。すり潰《つぶ》したものを傷に当てると治りが早くなるのですよ」

にっこりと即答《そくとう》するサイラス王太子。

「あそこの背の高い草にも薬効が？」

アマリアさまがそう聞くと、やはり良《い》い笑顔《えがお》で答える王太子。

「あそこのものは、虫除《むしよ》けに使えるのです」

もちろん魔法に使うような植物は、それなりに薬効のあるものが多い。

だから彼の言っていることは嘘《うそ》ではない。

だけれど前世魔術師だった私にとって、ここにある薬草はそんな生ぬるい薬効のあるただの草ではなく、いわば宝の山だった。

たとえばサイラス殿下が「傷に効く」と言った薬草は、治癒《ちゆ》薬を作る時の重要な材料の一つである。この品質と量があれば、きっと素晴らしく良質な治癒薬が作れるだろう。

虫除けに効くと言っていた薬草も、魔法で強化してやれば虫だけでなく任意の動物や人を除《よ》ける魔法を作ることができる。

それ以外にも様々な魔法に使える植物たちが、見渡す限り植わっているのだ。

その規模と質は、前世の師匠《ししょう》がかつて持っていた自慢《じまん》の薬草園にも匹敵《ひってき》するほどのものので。

「ここは、殿下のお庭なのですか？」

フローレンスさまがすらすらと薬草の説明をするサイラス殿下に聞いた。

するとサイラス殿下は、

「実は、そうなのです。ここは私が趣味《しゅみ》で作った薬草園なのですよ」

そう言ってちょっと嬉《うれ》しそうな顔をしたのを、私は目の端で捉《とら》えていた。

ん……？

なんだかふとその顔に引っかかるものを感じたのだが、その時はそれが何かわからなかった。

「まあ、殿下は薬草にお詳《くわ》しいのですね！　人のためにもなる趣味をお持ちだなんて、なんて素晴らしいのでしょう！」

サイラス王太子はそう感激したように言うエリザベスさまに、ちょっと照れたように言っていた。

「でも花もない地味な、いわばただの畑なので見てもつまらないでしょう？」

「まあ、そんなことはありませんわ。他にどんな薬効のものがあるのですか？」

エレナさまがそう聞くと、サイラス殿下はまた嬉しそうな顔になっていくつかの薬草の説明をしていた。

さすが『神託の乙女』たちである。

緑の草しかないこの一面の畑を見ても、誰もつまらないとか来て損したなんて言わないどころか、むしろ興味津々になってあれこれ質問までするとは。

どんな時でも楽しい会話ができるという、貴族夫人に必要な素晴らしい素養をみなさんしっかりお持ちだった。

さすが『神託の水盤《すいばん》』、良い仕事をしたのね……。

そしてそんな乙女たちに囲まれて聞かれるままに薬草について語るサイラス殿下が、なんだかとても嬉しそうで。

いつもの完璧な微笑みがすっかり影《かげ》を潜《ひそ》めて、今は晴れやかな笑顔になっていた。

その嬉しげな表情を見たら、私はまたつい昔を思い出してしまった。

そういえば兄弟子《あにでし》だったあの前世の夫は、その美しい顔につられて寄ってきた女性たちに漏《も》れなく滔々《とうとう》と薬草について熱く語りすぎて、よく女性たちに逃《に》げられていたなあ、などと。

その点サイラス殿下はさすが社交慣れしているのか、そのあたりの按配《あんばい》が上手——

んんん……？

その時突然《とつぜん》、私がさっきから何に引っかかっていたのかに、やっと気がついた。

同じ、笑顔………？

この薬草園について語っているサイラス王太子の晴れやかな笑顔が、妙《みょう》に見覚えのある笑顔であることに気がついたのだ。

それはそれは嬉しそうな、生き生きとした笑顔。

それはまさしく、前世の夫と同じ笑顔……………。

私の背中を、さあっと何か冷たいものが下りていった。

(まさか、そんな)

……いやいやいや、同じ顔なのだから、同じように笑うこともある……よね?

あるよね!?

……ちょっと待って私、落ち着こうか。

たかが笑顔一つでそこまで動揺《どうよう》しなくてもいいじゃないか。

ちょっとたまたま薬草が好きだったり、その薬草について語るのが大好きだったりすることなんて、普通《ふつう》にあるよね?

あるのか!?

たまたま偶然《ぐうぜん》にも同じ顔で、同じ声で、そして同じように薬草が好き?

嬉しそうに笑うとちょっとくしゃっとなるその表情、つまり笑い方まで一緒だと!?

いやいやきっと同じ顔だと笑い方も一緒に……なるか?

動揺のあまり混乱した頭で私は必死にぐるぐると考えていた。

さすがにこれは、いくらなんでもそっくりすぎる。

(……やっぱりあれ、前世の夫の生まれ変わりなんじゃないの……?)

「ええ、貴重なものもあります。たとえばあそこの……そう、あれは、火傷《やけど》の傷に特によく効く薬草なのですが、見分けがとても難しいので手に入れるのにとても時間がかかりました」

かろうじて口調は上品で穏やかなままだが、放っておいたらいつまでも語っていそうな様子がなんだかデジャヴだ。

しかもそのいつまでも語るおそらく前世の夫の生まれ変わりを眺めていたら、一つの疑問が湧《わ》いてきた。

（考えてみたら、この規模の薬草園を全く前世の記憶もなしに作ることなんて、果たしてできるものだろうか？）

魔術師としての知識もなしに、あんなに魔法によく使う薬草ばかりを集めて栽培《さいばい》するなんて、そんなことがあるのだろうか？

いや、無理でしょ。

と、いうことは？

私は引きつった顔でサイラス王太子を見つめた。

（嘘でしょう……？）

「もしやこの場所は、エスニア嬢《じょう》には少々つまらなかったでしょうか」

「はっ？」

私がずっと黙《だま》ったまま会話に入ろうとしないことに気付いたのか、サイラス殿下が私を見てちょっと悲しげな顔をしていた。

そういうところはいつもの完璧王太子なのよ。

ちゃんと全員とお話ししようとする義理堅《ぎりがた》い方なのよ。

でもね、今は私、ちょっと混乱しているからお話しする余裕はないのよね！

「まあそんなことは……ありませんわ。とても素晴らしい薬草園に驚いておりましたの。こんなに大規模で上質な薬草園をわたくし、初めて拝見したものですから」

それでも即座《そくざ》ににっこりと笑って白々しくそんな台詞《せりふ》を吐《は》けたのは、厳しい令嬢教育の賜物《たまもの》だろう。

当《あ》たり障《さわ》りのない受け答え、印象の良いお返事。

ええ、私も今は一応貴族令嬢ですから！

するとそんな私にサイラス王太子は途端《とたん》にぱあっと明るい顔になって、

「それはよかった。あなたにそう言っていただけてとても嬉しいです。もしもお使いになりたいものがありましたら何でも差し上げますので、どうぞ遠慮《えんりょ》なく仰《おっしゃ》ってくださいね」

そう言った。

使いたいもの？

たくさんあるよ！

なんなら全部欲《ほ》しいくらいだ！

「まあ、ありがとうございます殿下。なんてお優《やさ》しいのでしょう。でも恐《おそ》れ多《おお》くてわたくしにはとてもそんなお願いはできませんわ」

だけれどどうして私が薬草を使う人間だと知っているのかな⁉

私は台詞とは裏腹に、じっとりとした目で王太子を見つめ返した。

するとサイラス王太子は薬草の方をちらりと見て、そしてまた私の方に目を戻してから片眉《かたまゆ》を上げたのだった。

——でも、欲しいでしょ？

それは、かつて魔術師だった夫がよくしていた仕草だった。

私は確信した。

今私の目の前に立っているのは、まさしく王太子の皮を被《かぶ》った前世の夫なのだと……！

「今までは言動にそつがなくてあまり殿下の個性を感じられなかった気がしていたけれど、今日のお散歩ではちょっとだけ殿下の人となりが感じられたような気がしましたわ」

王宮に戻って王太子と別れた後、私たちが五人でお茶をしているとアマリアさまがふと思い出したという感じで言った。

「たしかにそうですわね。どんな時も冷静な方だと思っていたので、殿下があんなに生き生きと薬草について語るのは新鮮《しんせん》な驚きでしたわ」

エレナさまも言った。

「あの薬草を王宮で使うこともあるそうですわ。王族の口に入ることもあるから完全に無農薬で育てているとか。そんな知識やお心遣《こころづか》いが素晴らしいですわね」

フローレンスさまも感心している。

「本当に、あんな素晴らしいご趣味があるのに普段はそれを言わないなんて、どこまでできたお方なのかしら……！　単なる趣味だなんて謙遜《けんそん》していらっしゃったけど、あの規模を維持《いじ》しようとしたら庭師がいてもきっと大変でしょうに！」

エリザベスさまも感激している。

前世の時とは違って、おおむねあの薬草大好き王太子という存在は、『神託の乙女』たちに肯定《こうてい》的に受け入れられたようだった。

たしかに今回は薬草について語りながらも和《なご》やかな会話になっていた。

そこはさすが「理想の王太子」としての所作なのだ。

だから王太子妃候補である『神託の乙女』たちが今日の王太子に対して失望しなかったのは幸いだ。

なにしろあのサイラス殿下は、このまま順調にいけばこの四人の中の誰かと結婚《けっこん》するはずなのだから。

私？

私はもういいです。

というより、王太子妃になりたくない。

しかも相手があの前世の夫だなんて、あまりに代《か》わり映《ば》えがしないというか新鮮味がないというか。

それに私よりずっと未来の王妃《おうひ》に相応《ふさわ》しい人たちが、もうここに四人もいるのだから私の出番なんてない。

この人たちがとても優しくて善良で上品で、まさに未来の王妃に相応しい品格を持っていることをすでに私はよく知っている。

だから私としてはこの中の誰にでも気持ちよく彼をお任せできる、そんな気持ちだ。

きっと今世の彼を幸せにしてくれることだろう。

そんなことをぼんやり考えていたら。

「そういえば殿下は、エスニアさまには薬草を好きなだけ差し上げると言ってましたわね」

理由はわからないがエレナさまが、なんだか楽しそうに私のことを見て言った。

「はい？　いやあ、たまたまでしょう。きっとあの薬草園を褒《ほ》めたからですよ。殿下ならみなさんにも同じように仰ると思いますよ～」

「きっとエスニアが殿下の薬草園の素晴らしさを一番わかっているって、殿下に伝わったのね！」

エリザベスさまがにこにこして言う。

「いやいや、きっと私が黙っていたから殿下が気を遣《つか》ってくださっただけですよ」

「でもエスニアさまがあの薬草園を褒めた時、サイラス殿下がとても嬉しそうなお顔をなさったのを私は見ましたわ」

フローレンスさままでがなにやら意味深な笑みを浮かべて言い出した。

「そんなそんな……きっと殿下は私が薬草園をつまらないと思っていると思われたのです。だからそうでないことが嬉しかったのでしょう。それだけですよ……」

なんだか雲行きが怪《あや》しいような気がするのは、気のせいかしら？

「でも事実、エスニアさまにはあの大切にされている薬草をいくらでもお贈《おく》りすると仰ったのですから、きっとエスニアさまになら本当に差し上げてもいいと思われたのでしょうね」

アマリアさままでが、にこにこ楽しそうにそんなことを言い出した。

「いやだから、偶然たまたまですって……！」

本当は私が前世魔術師なのを知っているから、あそこにある薬草の使い道を知っているから、だから使っていいよと言っただけだろう。

別に特別扱《とくべつあつか》いでも何でもない、彼にしてみれば、しごく当然な言葉だったはずだ。

だけれどそんなこと、当然ここで言うわけにはいかない。

だから、私はただ否定するしかできなかった。

誰もがにやにやしながら私を見ていたけれど……。


今日はサイラス殿下と王宮の庭でピクニックだった。

いくつもの大きなパラソルの下で、私たちが敷物《しきもの》の上に座ってお弁当やお菓子《かし》をいただきながらおしゃべりをするという微笑ましい交流の場である。

微笑ましい……まあそうですね、とても微笑ましい光景です。

敷物の上に上品に座るサイラス王太子は今日も上質な服を綺麗に着こなし、その美しい顔にはいつもの麗しい微笑みを浮かべている。

そんな王太子を囲む『神託の乙女』たちはみなそれぞれに着飾《きかざ》って、すっかり慣れた様子で王太子との会話を楽しんでいる。

たいへん微笑ましくも楽しげで美しい光景だ。

そんな光景を、私はすっかり傍観者《ぼうかんしゃ》の気分で眺めているけれど。

こうして見ていると同じ顔とはいえ全く前世の夫の片鱗《へんりん》すらないように見えるのだが、

もう私は確信していた。中身は同じなのだと。

(しかし……どうしてアレが、こうなった?)

だけれどよくよく考えてみれば、この人は今世、生まれた時から王太子として育てられてきたわけで。

そりゃあ二十年もの間しっかり王太子教育を施《ほどこ》されたら、さすがにあの夫でも優雅な所作が染《し》みつくのだろうと遅ればせながら思い当たった。

たしかに私も今世は厳しい令嬢教育を受けて育った結果、前世と比べたらそれなりに貴族らしい上品な態度をとれるようになっているのだからそれと同じということだ。

うっかり最初に別人だと思ったせいか、いやそう思いたかった無意識のせいか、そのことに思い至らなかった自分を今は殴《なぐ》りたい。

しかしこの人が前世の夫だと仮定した上でまじまじとこの王太子を観察してみると、なんとなくだが前世の夫と同じような顔をする瞬間《しゅんかん》が垣間《かいま》見《み》える時もあって。

それはいつも一瞬《いっしゅん》で、すぐにいつもの「王太子らしい完璧な微笑み」で隠されてしまうけれど。

そして思い出す。

前世の夫も、やたら外面がいい時があったな、と。

魔法薬の大得意先や貴族を前にした時はいつも、魔術師というよりは感じの良い紳士《しんし》の仮面を被っていくつもの大きな商談をまとめていたっけ。

そんな時は、私でも驚くくらい人当たりの良い好青年に化けていた。

『何あれ、もう全くの別人じゃないの！　誰かと思ったわ』

初めてそれを見て大笑いしていた私に、彼は『あれが一番無難で話もまとまりやすいんだよ』なんて言っていたっけ。

もしかしたら彼は今、「完璧な王太子」という仮面をずっとつけているような状態なのかもしれない、と思うようになった。

そう考えたら、全くの別人のように見えるこの完璧王太子の姿も腑《ふ》に落ちる。

王太子という立場も大変なんだな、と初めて私は思った。

そして改めてそんな目で見ていると、まあ似ていること。

やっぱりこれ、同じ人だな。

うん、間違《まちが》いない。

（……なんで私はまた同じ人の妻候補になっているんだろう？）

そう思った瞬間、私はもうこの人相手に貴族令嬢として取《と》り澄《す》ましているのが馬鹿らしくなって、あっという間に貴族令嬢らしい上品な態度をかなぐり捨てた。

前世のただの魔術師の弟子《でし》だった頃を知っている相手に、今さら何を取《と》り繕《つくろ》うというのか。ああ馬鹿らしい。

さようなら厳しかった令嬢教育の賜物たち。この王太子妃選が終わったらまた思い出すわ。

そして急速に混ざり始める前世と今世の記憶。

だんだん目つきは据《す》わって悪くなり、笑顔には白々しい虚《むな》しさを帯びる。

でもいいの。私は王太子妃に選ばれたくないのだから、むしろ好都合だ。

いいじゃないか、たまには『神託の乙女』にガラの悪いのが混ざっていたって。

そんな感じで今日も上品に私を見つめるサイラス殿下をついジト目で見つめ返していたら、困惑《こんわく》したような顔でサイラス殿下が仰った。

「エスニア嬢、もしやこのお菓子はお好みではありませんでしたか？　あまり手をつけていらっしゃらないようですが」

そう言ってサイラス殿下が指し示したお茶菓子《ちゃがし》は、前世の私が好物だったクルミ入りのクッキーだ。

そういえば以前から王宮のお茶菓子に、よくこのクッキーが登場していたな。

……もしや、この人はかつての私がこのクッキーを好きだったことを覚えていて、あえてこのクッキーを出していた……？

え、そんなことある……？

「まあ、そんなことはありませんわ。とても美味《おい》しくいただいております。ただ、今はもうお腹《なか》いっぱいで」

するとサイラス殿下はぱあっと明るい表情になって言った。

「それならよかった。毎回お出ししていたから、もう飽《あ》きてしまわれたのかと。他にもお好きなものはありますか？　後からでも食べられるように、一緒にお部屋に届けさせましょう」

もはや疑う余地はないだろう。彼は覚えているのだ。

そして昔のように、私がクルミ入りのクッキーを真っ先に頬張《ほおば》らないことを不思議に思っている。

「いえそんな……そんなにたくさんはいりません……」

思わず困惑した顔で答える私。もはや苦笑いさえも出ない。

とにかく私を構わないで欲しい。私がクルミ入りのクッキーを食べなくても、あなたには何も問題はないはず……！

「まあ殿下、なんてお優しいご配慮《はいりょ》でしょう……！　エスニアはきっと殿下を前にすると、まだ緊張《きんちょう》してしまうのですわ。そのせいで食欲がなかなか出ないのでしょう。でも普段はよく笑う可愛《かわい》らしい方なのですよ。きっと殿下ももうすぐエスニアの笑顔が見られますわ。楽しみにしていらしてくださいね！　ところで殿下、殿下はお好きなお茶などはありますか？」

すかさず横からエリザベスさまがフォローをしてくれたが、残念ながらこの殿下に対して、もはや私に緊張なんてカケラもない。

だけれど私の印象が悪くならないようにそう言ってくれるエリザベスさまは、本当に良い人だと思った。

エリザベスさまはサイラス殿下に夢中だけれど、だからといって他の人を蹴落《けお》とそうとか有利になるように根回ししようとは思わないところが、さすが『神託の乙女』に選ばれる人だった。

そんなエリザベスさまに、サイラス殿下は完璧な外面笑顔で答えていた。

「お茶ですか。それならたとえばミチカ地方の紅茶は香りも良くて好きですね。香りが良いとより美味しく感じます。でもお茶ならだいたい何でも好きですよ」

そう言って極上《ごくじょう》の外面笑顔を披露《ひろう》する殿下。ああ眩《まぶ》しい。

しかしこの人の中身が本当に前世のあの夫なのならば。

私は密《ひそ》かに思った。

(何言っているんだか。お茶なんて、とにかくミルクとお砂糖がたっぷりと入った極甘《ごくあま》のお茶なら何でも好きなくせに)

「まあ、そうなんですのね！　ミチカ地方のお茶はたいそう香りが良いですものね！　わかりますわ！　あ、でも私の家の領地のお茶も香りがとても良いんですのよ。今度ぜひ試《ため》

「してみてくださいませ」

そんな憧《あこが》れの人のお茶の好みを聞き出してうきうきのエリザベスさまを見ながら、私はというと、この顔で嬉しそうにお砂糖をドバドバと入れるかつての夫の姿をうっかり思い出してしまっていた。

あれはいつも、実に嬉しそうだった。色男が台無しだとよく呆《あき》れたものだ。

でも本当に好きなんだなと感心もしたっけ。

「……」

ちょっと考えた私は自分のお茶にミルクをなみなみと注ぎ、それから砂糖を山盛り四杯《はい》ほど入れてから匙《さじ》でかき回した。

するとそれを見ていたエレナさまが、

「エスニアさま……あの、いつもよりたくさんお砂糖が入ってしまっているけど、いいの……？」

と心配そうな顔で言ってくれたので、私は手を頬《ほお》に当ててつつしれっと言ってみた。

「まあ私、ぼうっとしていたらお砂糖もミルクも入れすぎてしまったみたいですわ。こんなつもりはなかったのですけれど……どうしましょう、これを飲んだら私、太ってしまうかも～」

我ながら白々しい。

でもこれなら私の予想が外れても、自分の体重と引《ひ》き換《か》えにただ静かに飲み干せばいいだけだ。

そして他の四人が「まあエスニアさまったら、うっかりさんね」といった顔で微笑ましく見守る空気になる中、私の予想通りに完璧外面のまま上品に微笑むサイラス殿下が言った。

「ではそのお茶は私がいただきましょう。エスニア嬢は私のお茶をどうぞ。大丈夫《だいじょうぶ》、まだ口をつけてはいませんから」

「まあ殿下、なんてお優しい！　エリザベス感激です……！」

そんなエリザベスさまの前で、私の極甘のお茶をにこにことご機嫌で奪《うば》っていくサイラス殿下。

代わりに差し出されたのは、殿下が気取っていたせいで何も入れられていないお茶だ。

「ありがとうございます殿下。殿下のおかげで私の体重が救われましたわ～」

そう言いながら、私はやっぱりじゃないかと苦笑《くしょう》した。

そしてサイラス殿下もそんな私を見て、意味深な笑みを浮かべていた。

――嬉しいな。覚えていてくれて。

殿下の顔は、そう言っていた。

そりゃあ覚えていますとも。

毎日毎日いそいそ甘くしては飲んでいたじゃないか。

だから私も言ってやったのだ。

──それが飲みたかったんでしょう？

──そう。美味しいよね。

一瞬の微笑みと視線でそれだけ会話した私たちは、即座にしれっとまた他人に戻った。

しかしよくもまあ、見事に化けたものだ。

だがその済ました顔で激甘《げきあま》のお茶を飲むその姿は外面のままなのにほのかに嬉しそうで。

既視感《きしかん》。

ああ既視感。

爽《さわ》やかなお天気の下、王宮の素敵なお庭で楽しいピクニック。

この美しい光景の中で、いったい何をしているのか私たちは。

毎日の交流に浮かれて幸せそうなエリザベスさまと、理由も言わずにひたすら眉間《みけん》のしわが深くなっていく私の対比は日に日に激しくなっていった。

「エスニアさまはサイラス殿下のことをあまり良く思ってはいらっしゃらないの？」

とうとうアマリアさまが、そんなことを聞くくらいには。しかし。

「あらいいえ～そんなことは……ないはず……」

まさかあれが前世の夫であろうなどとは口が裂《さ》けても言えるわけがない。

引きつった笑顔で曖昧《あいまい》な返事をすることしか今の私にできることはなかった。

「でもサイラス殿下はエスニアさまのことが気になっていらっしゃるようよね」

「ですわね。殿下はエスニアさまと微笑み合う時だけ、何か私たちの時とは違う顔をなさる気がしますもの」

そんなことを言い出したフローレンスさまとエレナさまがにこにこと私を見るが、それはそうでしょうとも。

でもそれは決して恋《こい》とか愛とかいう素敵なものではなく……そう、いわば単なる意思疎《そ》通《つう》なのだ。

ツーと言えばカー。

あれ取って。はいどうぞ。

そんな、みなさまだって十年も一緒に暮らしたらある程度できるようになるやつですよ……。

「私、一生懸命《いっしょうけんめい》殿下に熱い視線を送っているのに、私を見る殿下の瞳《ひとみ》には全く熱が感じられませんの。エスニアの恋愛《れんあい》お守りを肌身離《はだみはな》さず持っているというのに」

エリザベスさまがちょっと悲しそうだ。

エリザベスさまはサイラス殿下となんとか仲良くなりたいと、お色気で迫《せま》ったり甘えてみたり、様々な戦略を試しているようだがどうも成果を感じられないらしい。

でもあの人、元は魔法バカだからな。

お色気よりも食欲よりも、何よりも魔法が好きな人ではなかったか。

そう思ったので。

「ではエリザベスさま。私の差し上げた恋愛お守りの話でもされてみてはいかがですか？　それとも何か悩《なや》みを相談するとか。たとえば、よく眠《ねむ》れないとかそんな感じの」

「ええっ⁉　エスニアのお守りの話？　そんなことを打ち明けてもいいものかしら？　まるで殿下を狙《ねら》ってますって言っているようなものじゃない？」

「でもそのお守りは『サイラス殿下と恋愛する』お守りではなくて、『素敵な人と恋をするお守り』なのですから、素敵な人と結ばれたいというエリザベスさまのお気持ちを打ち明けることになるだけですわ」

「まあそうでしたわね！　でもサイラス殿下より素敵な方はいないから、やっぱり相手はサイラス殿下だと思うの。だからこれはサイラス殿下との恋愛のお守りなのよ！　きっと今度こそ効果が出るに違いないわ。私、頑張《がんば》る！」

そう言って決意を新たにするエリザベスさま。

サイラス殿下がエリザベスさまを選んだら、私は安心して今度こそそのんびり怠惰《たいだ》な生活をさせてくれそうな新たな相手を探せるようになるだろう。

やっぱりちょっと、仮にも夫婦《ふうふ》として生活した記憶のある相手の見ている前では、さすがに私も後ろめたくて結婚相手なんておおっぴらに探す気になれなくて。

エリザベスさまならとってもやる気があるから、きっと華やかで楽しい王妃さまになると思うの。

なら、エリザベスさまでいいじゃないか。

彼女の熱い愛に包まれて、あの人も幸せな人生を送れるに違いない。

そして後日。

「エスニア！　あなたの助言は素晴らしいわ！　今日見ていたでしょう？　エスニアにお守りをいただいたんですって殿下に言ったら、それはもう興味津々になられて驚いたわ！　おかげでとってもお話が弾《はず》んで……！　ああ、こんなこと初めて！」

そう言ってはしゃいでいるエリザベスさまがとても可愛らしかった。

エリザベスさまはいつも楽しそうで、幸せそうで。

そんなエリザベスさまと毎日一緒に過ごしていたら、いつしか私も恋というものに憧れるようになってきてしまった。

だって前世は恋する暇《ひま》なんて全然なくて、恋をする前にまあいいかと結婚してしまったし。

もちろん今世も出会いなんてなかったから、考えてみたら前世も今世も恋というものをしたことがないと、いまさらながらに気がついてしまったのだ。

私も幸せそうにはしゃぐエリザベスさまや好きな人を語る時に頬を染めるフローレンスさまみたいに、うきうき幸せな気持ちになってみたい。

お話しするだけで胸がときめくという、そんな体験をしてみたい……！

決してあの、すでに目だけで会話できちゃうような枯《か》れた関係ではなくてね……。

初めて仲良くお話ができたとはしゃぐエリザベスさまを見て、ふとエレナさまが私に言った。

「さすがエスニアさまですわね。エスニアさまのお守りは効果絶大のようで羨《うらや》ましいですわ！　あの、エスニアさま。私にもエリザベスさまのようなお守りを作っていただけたら嬉しいのですけれど」

「んん？　でも今回はお守りの効果というより、エスニアさまが作ったお守りだから殿下が興味を持たれただけという気が――」

「まあ！　エレナさま、もちろんお安いご用ですわ！　すぐに作りますね～！」

「エスニアさまありがとうございます……！」

私は満面の笑みでエレナさまに約束をした。

お守りなんてお安いご用ですよ。

それが大好きな友人のためならば特に。

エリザベスさまもエレナさまもさすが『神託の乙女』、とても良い方たちなのだ。

私はすっかり彼女たちみんなを大好きになっていた。

だから全員誰と結婚するとしても、幸せになって欲しいと思っている。

みんながそれぞれの素敵な人と結ばれて幸せになって欲しい。

その相手がサイラス殿下だろうと、他の人だろうと。

「あ、アマリアさまとフローレンスさまにも作りましょうか？　いくつでも作りますよ！」

「まあ嬉しい。では、ぜひ。でもご自分にも作らなくていいの？　私たちばかり応援《おうえん》されるより、なによりご自分のことを応援するべきでは」

「まあアマリアさま、お気遣《きづか》いありがとうございます。でも私はいつでも自分で作れますからね！　この王太子妃選が終わったら、その時は強力なお守りを作るつもりですからご心配なく〜」

ふんふんと材料の在庫を思い出しながら、私はつい無防備に返事をしていた。

大丈夫、十分在庫はあるはずだ。

「あらエスニアさまは、王太子妃になるおつもりはないのですか？」

「ないです〜私はのんびりしたいので〜」

おっと他のことを考えていたら、いつの間にか本音がだだ漏れてしまった。

でもまあ、嘘ではないのでもういいか。

とにかく私はライバルではない。そう表明して困る人はここにはいないだろう。

と思ったら。

「まあ、それではきっと殿下がお困りになるでしょうね」

アマリアさまがどうしてそんなことを言うのか、ちょっとわからないです。

でも殿下は殿下で今世の王太子としての人生があるからね。

「生まれ変わっても、また一緒になろう」

たとえ前世でそんなことを言ったとしても、そしてその記憶が彼にもあったとしても、
さすがに今世が王太子ならば話は別だろう。

王太子という立場である以上、未来の王妃に相応しい立派な人物と一緒になるのがおそらく彼にとっても、いや誰にとっても一番幸せになる道だ。

そう考えると、すっかり前世の記憶のせいで半分魔術師みたいになっているような私より、生粋《きっすい》の貴族令嬢である他の四人の方がはるかに王妃に相応しい。

まあ今の彼に自分の立場に相応しい正常な判断力さえあれば、カケラもうっとりしないで常にジト目で見つめ返してくるような、明らかにやる気のない私なんて、今頃《いまごろ》はもう真っ先にお妃《きさき》候補から外しているだろうけれど。

私には憧れの生活がある。

それはたいして働かなくてもいい、綺麗で清潔な服を着て、毎日美味しい食事ができる生活。

そう、それはまさしく貴族夫人としての生活だ。

朝はたっぷり寝坊《ねぼう》をして、起きたら使用人が顔を洗う水を持ってきてくれて服も着せてくれるような。

そして毎日料理人の作った美味しい料理を食べ、お友達と優雅にお茶をしたりパーティーを開いたり……うん、パーティーはそんなに開きたいとは思わないが。

でもたまにはお呼ばれして、華やかな世界を体験するのもいいだろう。

気が乗らなければ自分の家の庭を散歩したり、ふらりとお買い物に出かけたり。

ああ……なんて楽しそうなんでしょう。

そしていつか自由な時間を持て余すようになったら、魔法の研究をするのもいいかもしれない。

隣国《りんごく》に支配されていた暗黒時代に消滅《しょうめつ》してしまった、前時代の魔法書や魔法に関する資料を集めるのだ。

別に今も魔法が禁止されているわけではないのだから。

単にもう誰も魔法を覚えていないから、興味がないだけなのだ。

そんな人々に、簡単な魔法を教えてみるのもいいかもしれない。

きっと生活が便利になって、少し楽になるだろう。

この国の大半の人は、多少なりとも魔力《まりょく》を持っているはずなのだから。

ああ、素晴らしき私の未来。

私の人生に、政治や公務に忙殺《ぼうさつ》されるような暇なんてないのだ。


そんな意気込みの私は、すっかり傍観者の気分で『神託の乙女』たちとサイラス王太子との交流を眺めていた。

上品かつ優雅に楽しく会話をする美しい乙女たち。

エリザベスさまのようにとても積極的な方もいれば、フローレンスさまのように他に好きな人がいて、どちらかというと消極的な方もいる。

しかし明らかにやる気のない態度なのは私だけだ。

「エスニアさま。どんなにその気がなかろうとも、『神託の乙女』としてサイラス殿下との交流はきちんとしていただかないと困ります」

私の態度を見かねて裏でこっそりそう苦言を呈《てい》してくる銀縁眼鏡もといアルベインさまが見張っているから、渋々ながらも一応毎日の交流に参加しているけれど。

しかしそうなると嫌《いや》でも思い出すのは、前世の記憶。

この殿下の顔と声が、私の記憶を無理矢理呼び覚ます。

恋とか愛とか、そんなものをすっ飛ばしてした結婚生活は、ひたすら穏やかだった。

まあたとえ燃えるような恋の末の結婚だったとしても、十年も一緒に暮らせば刺激《しげき》なんてなくなるものかもしれないけれど。

いつもの顔。いつもの会話。刺激なんて枯れ果てた、ひたすら家事と仕事に忙殺される代わり映えのない日々の繰《く》り返《かえ》し。

それを、今世も？　いや、もういいです。

そんなことをしみじみと思いながら、今日も薄《うす》っぺらい微笑みを貼《は》り付《つ》けつつ眼前で繰り広げられる美しい男女の語らいを眺めていたら。

「エスニア嬢は薬草茶を作られるそうですね。ぜひ私もいただいてみたいと思いまして」

そう完璧に爽やかな王太子という仮面を貼り付けたまま、サイラス殿下が私をひたと見つめて言い出した時は目が点になった。

「ええと、私、そんなこと申し上げました……？」

言っていない。決して言ってはいない……！

だが敵も完璧な外面笑顔のまま、しれっとすっとぼけた。

「この前仰っていたではありませんか。ですのでその時に使うと仰っていた薬草をご用意してみたのですが、これだけあれば足りますか？」

って、それ、単に自分が飲みたかっただけだよね……？

私は呆れた。

確かに前世、この男は私の作る薬草茶がやたらと好きだった。

でもそれをまた飲みたいからといって、こんなに強引《ごういん》に所望《しょもう》するか？

そんなこと許されていいのか⁉

でもその言葉と同時にアルベインさまが大きな盆《ぼん》に山盛りにした薬草を持ってきたということは、もう最初から私に作らせる気満々だね⁉

「まあそんなお話があったのですね。この薬草は殿下のあの薬草園のものですか？」

エレナさま、今その話題はやめてください。

「殿下が大切にされていたあの薬草たちは、こうやって活用することができるのですね」

フローレンスさまも、話に乗っからないで。

「こんなに新鮮な薬草で作るお茶は私、初めてかもしれませんわ。楽しみです」

アマリアさまも、そんな前向き発言やめてください。

「まあ素敵！　ぜひ私もいただきたいですわ！」

エリザベスさま……その発言、後悔《こうかい》しても知りませんよ……。

「みなさまもそう仰っていることですし、よかったら、ぜひ」

他の乙女たちの賛同もあったからか、妙に嬉しそうに言うサイラス殿下を私は軽く睨《にら》み返した。

よかったら、じゃあないのよ。

本当に何をやってくれているのか。

飲みたいなら、こっそりと頼《たの》んでくれれば調合くらいしてあげるのに。

だからこんな、みんなの前ではやめてください……。

今のこの、たまに私がお茶会で「ついミルクとお砂糖を入れすぎる癖《くせ》」を発動させるだけで許して欲しかった。

私はもう何度も、彼の催促《さいそく》の視線に負けて極甘紅茶を作っては彼に取り上げられていた。

おかげで私は最近、他の四人から「エスニアさまはうっかりさん」などと言われるようになっているのよ。あなたのせいよ。

なのに、今度はこれ⁉

これは一度、どうにか二人きりになってちゃんと話をした方がいいのかもしれないと私は思い始めた。

こんなことを繰り返されたら、まるでサイラス殿下が私を気に入っているように見えるではないか。

ということは私が王太子妃候補として注目されてしまうということだ。それは困る。

だからやめて、そうやって私をキラキラした目で見つめるのを！

その嬉しそうに何かを期待する目で私を見るのはまずい。

誤解を招くようなことはしないで……。

私は盆に山と積まれた薬草たちを睨みつけてから、次にサイラス殿下を改めてじっとりと睨んだ。

——何ちゃっかりこんな用意までしているのよ。

——もちろん作ってくれるよね？

って。

何をしれっと強要してくるんだこの人は。

特権ずるい。

立場を利用した横暴反対！

「……あれは薬効はありますが味が良くないので、殿下にはとてもおすすめできませんわ」

しょうがないので、私はしれっと笑顔で断った。

相手は王太子？　そんなのもう知りません。

あの私の薬草茶を欲しがるのは、今も昔も前世の夫くらいだ。

そんな人を相手に遠慮なんかしない。もうしないぞ！

「あら、どんな薬効があるのですか？　エスニアさまはお守りだけでなく薬草茶まで作れるなんて、本当に何でもご存じなのですね。とても楽しみですわ！」

しかし何も事情を知らない他の四人からも、そんな期待の目を向けられてしまった。

慌《あわ》てた私は必死に説明をしたのだが。

「多少元気にはなれますが、その分とても味が悪いのです。よほど弱っている時以外はおすすめしません」

本当は魔力を増幅《ぞうふく》させる効果があるのだが、この現代では魔力を誰も気にしていないのでそういう表現になる。

つまりそれは、この現代においてはたいして意味のない薬効ということになる。

とっても苦いのに。

「まあ……良薬は口に苦しと言いますものね」

しかしなぜかアマリアさまたちは乗り気のままだ。

「お薬みたいなものだと思えば、少々の味の悪さは仕方ありませんわね」

「知らないでいるよりも、一度は体験してみるのもいいかもしれませんわ」

「せっかく殿下がこうして薬草をご用意してくださったことですし」

あっという間に場の空気が薬草茶を作る流れになっていくのを、ひしひしと感じた私だった。

どうして……。

「エスニア嬢、ぜひお願いします。私も楽しみにしていたのですよ。そのためにこのお茶会の前に薬草園に行って摘《つ》んできたのです」

そう言ってさらに追い打ちをかけてくる仮にも王太子殿下に、もはや誰が逆らえると言うのか。わざわざ王太子自ら摘んだ薬草たちを、ゴミにすることは許されない。

私は天を見上げてため息をついてから、やれやれという顔で薬草の山のところまで行くと、しぶしぶ調合を始めた。

前世で散々作っていたので、今でも難なく調合できる。

だがこの薬草茶はひたすら薬効を突き詰めた結果、味が後回しになった代物《しろもの》である。

正直とても苦いし、後味も爽やかとは言えないものだ。

前世でさえもあの夫以外は誰もが二度と手を出さなくなる代物だったのに、なぜか彼だけはそのお茶をやたら美味しそうに飲んでいたっけ。

しかしまさか生まれ変わっても所望するほどとは、全然知らなかったよ……。

私は少々呆れながらも、目の前の薬草のできるだけ最大量を使って、大量の薬草茶をその場で調合してやった。

ついでに後で配合もメモにでも書いて渡《わた》そう。

そうしたら私がいなくなっても、好きなだけこのお茶が飲めるだろう。

材料は自分の薬草園にあるのだから、きっと一生飲めるに違いない。

そうして全員の期待の目をひしひしと背中に感じながら淹《い》れたお茶をお出しした結果。

「……ええと、これは……随分《ずいぶん》面白い味ですのね……」

「なんというか、ちょっと苦みが……でも体には良さそうですわ……」

「これは、子どもの頃に飲まされたお薬を思い出しますわね……」

等々、四人の令嬢のみなさまにはとても複雑な顔をされてしまったのだった。

うん、それが普通の反応ですよ。

知ってる。前世でよく見た光景だ。

というのに。

「ああこれは体に染み入りますね。なかなかこのクセがやみつきになる。美味しいです」

とか言いながら、ぐびぐび飲んでいるサイラス殿下の味覚は大丈夫なのか？

なぜそんなに好きなのか。

改めてこの人おかしいわと、数百年の時を経て再認識《にんしき》した私だった。

「まあ、殿下はもう飲み終わったのですか？」

驚いたようにエレナさまがそう聞くと、殿下は満面の笑みで言ったものだ。

「はい、とても美味しいお茶だったもので」

「えっ……そう……ですわね……」

ほら見ろ、嬉々《きき》として答えるからエレナさまが困惑しているじゃないか……。

「この苦みはティルでしょうか」

アマリアさまがじっとお茶を見つめながら呟《つぶや》いた。

二口目を飲む気はなさそうだ。

「あ、そうなんです。ティルは魔力の補充《ほじゅう》にとてもいいのですが、どうしてもこの苦みが誤魔化《ごまか》せなくて〜」

ティルをアマリアさまが知っていたことが嬉しくて、つい素になってうきうきと説明する私。

ティルはとても苦いのであまり好まれないが、昔は魔術師が魔力の補充のために嫌々《いやいや》でもお茶にして飲んだり料理に混ぜたり、工夫して摂《と》っていた薬草なのだ。

「でもこの薬草茶はティルを直接煎《せん》じるよりとても苦みが抑《おさ》えられていて、十分美味しいですよ。ずっと飲んでいたいほどです」

だから、そう言って喜んでいるのは自分だけだということを、わかっているのだろうかこの人は。

ついでに私のことをそんなキラキラした目で見るのもやめて欲しい。

私を見る目が、大好きなおやつを持っているご主人さまを見上げるワンコのような目でいたたまれない。

ふいっと私は顔を背《そむ》けてポットの中のお茶っ葉を確認《かくにん》するふりをした。

間違《まちが》ってもここで見つめ合ったりなんかしてはいけない。そんなことをしたら、私たちの間に特別な感情が芽生えたなどと誤解されかねない。

そう、この場が、「王太子」が『神託の乙女』の中から自分の伴侶《はんりょ》を見いだすための場だということを忘れてはいけないのだ。

ちりちりと私の横顔に注がれる視線を感じつつも、私はポットを覗《のぞ》き込《こ》んだまま言った。

「みなさま、おかわりはいかがですか？」

まあ単に、お茶を淹れた側として礼儀《れいぎ》上そう聞いただけである。

もちろんこのお茶の不味《まず》さにみんなが断るだろうことは想定内だ。

そしてやっぱり令嬢方が思った通り口々に「いえ……」「私はもう……」などと返答をする中。

「もちろん、いただきます」

そんなうきうきとした殿下の返答が聞こえた時、殿下の方を見てもいないのに『おかわりある？』と満面の笑みで聞いてきた、かつての夫の顔をまざまざと思い出した私だった。

そういえば心から幸せそうな笑顔をしていたわね、あの時も……。

その結果。

「殿下のあの目をご覧になりました？　もうすっかりエスニアさましか眼中にないような目をしていらして」

「ほんとほんと！　殿下はずっとエスニアさまを見つめているのにエスニアさまがつれないから、なんだか悲しそうなお顔もされていたわよね」

「ちょっとお二人とも？　あの薬草茶には幻覚作用《げんかく》はないはずですが、もしや幻覚でもご覧になりました？」

なんだか楽しそうな様子で語りながらこちらを見るフローレンスさまとエレナさまを困惑の目で見返しながら、私は早口で遮《さえぎ》った。

しかし、二人は朗《ほが》らかに言ってくるのだ。

「そんなことはありませんわ！　殿下は明らかにあのお茶を気に入っていらしたじゃない。あのお茶を三杯《ばい》も飲んだのよ⁉　よほど気に入らなければできないことですわ！」

「そうでなくても殿下は最近エスニアさまと見つめ合うと、とても嬉しそうに目を細めるのよ。もうまるで本当の奥様を見つめるような目をされるの……！」

「でもエスニアさまも、嫌ではないんでしょう？　あ、もしかしてそれで緊張しちゃうとか？　そういえば殿下に見つめられている時が多いわよね、お砂糖とミルクの量を間違えるの」

「きゃあ、エスニアさまったらなんて可愛い〜〜！」

「だから違うんです……！　って、誰も聞いてないわね」

アマリアさままで参戦し始めたその会話を、もう私はそれ以上何も言えずにただ据わった目で見守ることしかできなかった。

だって奴《やつ》が「目を細める」のは、ただ単に「いいよね？」と自分の要求を相手にごり押しする時の癖だなんて、ここでは言えないのだから。

お茶会で奴がその目をした時はほぼ確実に「甘いお茶が飲みたいな」と言っているだけだし、でもそれを無視するとずっと何かと絡《から》んできて鬱陶《うっとう》しいったら。

で、結局その圧に耐《た》えかねた私が渋々自分のお茶にミルクと砂糖を大量投入することになっているだけだなんて、絶対に言えるわけがない……！

「なるほど納得《なっとく》ですわね。あの苦いお茶も、きっとエスニアさまが淹れたお茶だから殿下は美味しく感じたのですわね！」

いやいや、あれは「私が淹れたから」じゃあないのよ。

かつて魔術師だった彼が、魔力が湧いてくるのが何よりも嬉しいからと飲んでいるうちに単に味に慣れてしまっただけなのよ……。

どんどん話が困った方向に発展していくのが耐えられなくなった私は、慌ててエリザベスさまの方を見て言った。

「本当にそんなことはないんですよ……あ、そうだ！　エリザベスさま、あの薬草茶のレシピをお教えしましょうか⁉」

エリザベスさまが珍《めずら》しく何も語らずになんだかぼんやりしている様子だったので、この話題を嫌がっているのかもしれないと心配になってもいたから。

だが。

エリザベスさまは本当に上の空だったようだ。

「え……？　あ、なんのお話だったかしら？」

はっと驚いたように私たちを見て、そんなことを言ったのだ。

エリザベスさまがサイラス殿下の話題に参加してこない……？

私は不思議に思いつつも、再度、今日の薬草茶のレシピを教えましょうかと言ってみたのだが、エリザベスさまは、まあ、難しそうだから私には無理よ、遠慮するわ、と言ったきりまた黙り込んでしまった。

どうしたのだろう？

「エリザベスさまは、どうなさったのかしら？」

「今日のサイラス殿下のご様子にもあまりショックを受けていないみたいでよかったけれど」

「なにしろ今日の殿下はエスニアさましか見ていらっしゃらなかったから」

「いやそんなことないでしょう⁉　みなさんともおしゃべりしていましたよね⁉」

ここそこ会話していたのに私が突然大声をあげてしまったからか、エリザベスさまがまたはっとしたような顔をしてこちらを見た。

「エリザベスさま、もしや熱でも？　ちょっと失礼」

そう言ってフローレンスさまがエリザベスさまの額に手を当ててみたのだが。

「熱はないようですわね」

不思議そうに自分の手を見ていた。

するとエリザベスさまは、

「まあ、すみません。ご心配をおかけして……。どうも私、今日は調子が悪いみたいなので先に休ませていただきますね」

そう言うと、まだ夕方だというのにふらふらと自室に戻っていってしまった。

残された私たちは困惑していた。

「何かあったのかしら？」

「さあ？」

「そういえばあの殿下の側近のアルベインさまと、何かお話ししていたのを見たような」

「え、あの銀縁眼鏡⁉」

アマリアさまの言葉に全員が顔を見合わせて驚いた。


マザラン公爵《こうしゃく》家嫡男《ちゃくなん》であるアルベインさまは、サイラス殿下の側近としていつも殿下の影のように付き従っている。

だが基本無口な上に存在感を消すのもとても上手なので、いつも側《そば》にいるにもかかわらず、普段はあまり彼のことを意識して見ることはなかった。

「でもあの人、あの眼鏡を取ったらなかなか綺麗な顔をしていると思うわよ」

「そうなの⁉　なんでアマリアさまはそれを知っているの⁉」

思わず私が驚いて聞いた。

だって分厚い銀縁眼鏡の印象が強烈《きょうれつ》すぎて、何度も見ているはずなのに全くその下にある顔の印象が残らない人だったから。

「知っているというよりは想像力ね。あの眼鏡のフレームを細ーくしたら、殿下とは違ったちょっと冷たそうな雰囲気《ふんいき》が魅力《みりょく》のなかなか素敵な男性になりそうだなって」

なぜかそう言ってアマリアさまが嬉しそうに笑う。

笑うというか、にやにやするというか？

「でもあの眼鏡をかけている限り、素敵とはほど遠いじゃない」

「なのにどうしてエリザベスさまはアルベインさまとお話ししていたのかしらね。こっそり殿下の情報でも聞きに行ったのかしら……?」

「さあ……?」

その日、私たちは首をひねることしかできなかった。

エリザベスさまがこの後、熱を出したりしないといいのだけれど。

しかしそんなある意味平和な日々はあっという間に終わりを告げ、私たちの中に激震《げきしん》が走った。

「アルバート・シレンドラー少尉《しょうい》が隣国の大群を一人で返《かえ》り討《う》ちにする大活躍《だいかつやく》!」

その知らせが王宮にもたらされた時、私たちはのんびり朝食の後のお茶をしていた。

夜通し駆《か》けてきた伝令が、とても誇《ほこ》らしげに国王陛下に報告したと後から聞いた。

そしてその功績により、その人は大尉《たいい》に任命されるだろうとも。

「ああ……!　アルバート……!」

その知らせを聞いた途端、そう言って嬉《うれ》し涙《なみだ》を流したのはフローレンスさまだった。

なんとその大活躍した人というのは、フローレンスさまが思いを寄せる護衛騎士、その人だったのだ。

それは一騎当千《いっきとうせん》の活躍で、あっという間に相手の指揮官を討ち取るとそのまま大暴れして敵を蹴散《けち》らしたとのこと。

もともと公爵令嬢《こうしゃくれいじょう》の護衛にまでなるような人だから、相当な実力があったのだろう。

そしてフローレンスさまも見る目があったということね。

そう思ったら。

「きっとエスニアのお守りが効いたのですわ！」

そう叫《さけ》んだのは、エリザベスさまだった。

お守り……？

そういえば渡していたわね……？

「そうですわ！　きっとエスニアさまのお守りのおかげです！　ああなんと感謝したら良いか……！」

そう言ってフローレンスさまにはギュウギュウと抱《だ》きしめられたのだけれど、さすがにそこまでお守りのおかげではないと……。

「きっと実力がおありだったのです。お守りが少しでも役に立っていたのなら嬉しいですが」

「いいえきっとお守りのおかげです！」

なぜか力説するエリザベスさま。

びっくりしてエリザベスさまの方を見ると、エリザベスさまは見たこともないうっとりとした表情で、

「だって、私にも奇跡《きせき》が起こったのですもの……！」

と言い出したので驚いた。

おお……？

それはもしかして、サイラス殿下と心が通じ合った……？

「まあ、それではサイラス殿下に愛を告白されたのですか？」

アマリアさまがちょっと驚いたような、不思議そうな顔で聞いた。

その場のみんながそう思っただろう。

もちろん私もそう思った。

なるほどあの人も、エリザベスさまの熱い気持ちにとうとうほだされたのね。

しかし。

「あ、いいえ。お相手はサイラス殿下ではないの。実は……実はアルベインさまに、この王太子妃選が終わったらマザラン公爵家にお嫁《よめ》に来て欲しいと言われて私……私……！

恋に落ちてしまったの!!」

きゃああ～～!!　と恥《は》ずかしいのか嬉しいのか、とにかく奇声《きせい》を上げて両手で顔を覆《おお》ったエリザベスさま。

耳とうなじがいつもより赤い。

って、エリザベスさま……？

私は何か信じられないものを見たような気がして、ぽかんとただエリザベスさまを見つめてしまった。

「あらまあ、てっきりエリザベスさまはサイラス殿下のことがお好きなのだと思っていたのですけど……」

アマリアさまが驚いたように言う。

私とフローレンスさまとエレナさまもうんうんと激しく頷《うなず》いた。

そんな私たちを見て、エリザベスさまは突然熱く語り出した。

「私もそうだと思っていたの！　もちろん殿下は今でもとっても素敵よ？　でもね？　アルベインさまもよく見たらとっても美しいお顔の素敵な人で、しかもそんな人に情熱的に愛していますなんて言われたら……っ!!　彼ね？　ずっと最初から私を見ていたのですって。もう私しか見えなかったなんて言われたら……きゃっ！　とにかく彼は、素顔《すがお》がもうとっても美しいの！　私、面食いでしょう？　偶然彼の素顔を見たら、もう私の理想そのもので……！　しかも情熱的な……ああダメそんなはしたない！　でも私にはわかったの。彼が私の運命の人だったって……!!」

なにやらエリザベスさまは唖然《あぜん》としている私たちを完全に置いてけぼりにして、顔を赤らめながらもひたすら一人でしゃべり続けていた。

しかもこれまでのサイラス殿下について語る口調とはどこか様子が違っていて、今はどこからどう見てもフローレンスさまと同じような、まさしく恋する乙女という感じで……って、ええ……？

「ではサイラス殿下のことはもういいの？」

この混乱した空気の中で、それでも一番冷静だったのはやっぱりアマリアさまだった。

素早《すばや》く状況《じょうきょう》を見極《みきわ》めようとするその姿勢、さすがだと私は思う。

「そうね、サイラス殿下は、なんというか、たぶん憧れだったのね。偶像崇拝《ぐうぞうすうはい》？　っていうの？　あれは恋じゃあなかったみたい。エスニアはすごいわ！　そんなこともお見通しで、私に『素敵な人と恋をする』というお守りをくれたのよね！」

「え……？　うーん？」

もちろんそんなことは全く考えていなかったです。

エリザベスさまはサイラス王太子が好きだと思っていたから、まさか他の人とこんなにあっさりくっつく未来があるなんて想像すらしていなかった。

私はただ単に、全員に昔よく作っていた恋愛お守りを作っただけだ。

素敵な出会い、素敵な相手、つまりそのお守りを持つ人と相性《あいしょう》が良い人を引き寄せるような、そんな一般《いっぱん》的な……。

相手を指定しない魔法は簡単なのだ。

そして昔の、むやみに魔法で人の気持ちを左右してはいけないという基本を守っただけだ。

ああでもこんなことになるなんて……。

しかし苦悩《くのう》する私のことなんて全く眼中にないエリザベスさまは、うっとりと語り続けていた。

「アルベインさまの眼鏡を取った顔を見たことある？　本当に驚くほどの美男子なのよ……！　それはもうサイラス殿下にも匹敵するような素敵なお顔なの。私、初めて見たときぽーっとなっちゃって。でもそれだけじゃないのよ。アルベインさまはなんというか……そう、特別なの！　だってサイラス殿下にキスされても、こんなにドキドキしないと思うもの！　あの美しいお顔が近くに来たらそりゃあちょっとはドキドキするかもしれないけど……でもそんな場面を想像してもこんな気持ちには全然ならないの、アルベインさまだけなの……！」

「ということは、キスされたのねアルベインさまに」

「きゃあ！　アマリア言わないで！　思い出しちゃうじゃない！　もう恥ずかしいっ！　でもアルベインさまは熱い視線で本当に真っ直《ま》ぐ《す》に私を見つめてくれるのよ。そんなことになったら恋に落ちてしまってもおかしくないでしょう？　サイラス殿下はほら、エスニアしか見ていないじゃない？　でもアルベインさまは……！」

　エリザベスさまの興奮は止まらない。

　だが聞き捨てならない台詞が聞こえてきて、私はそれどころではなくなった。

「待って？　そんなことないでしょ⁉　殿下はちゃんとみんなと仲良くしているでしょ⁉」

「もう。エスニアさまは自覚がないのね？　サイラス殿下はエスニアさまが殿下の方を見ていない時にもよくエスニアさまを見つめていらっしゃるわよ？　それはもう私たちにはしない、なんというかとてもいいお顔で」

　アマリアさままでが呆れたようにそう言い出したのだが。

「いや本当に待って？　それどんな顔⁉　私の目には全員に同じ顔しかしていないように見えるわよ⁉」

　だって彼の外面は今でも完璧じゃないか。

　その外面用完璧笑顔を崩したことなんてないじゃないか！

　だが。

「エスニアさまが見ていない時の殿下の顔をエスニアさまにお見せしたいですわね……」

「エレナさま、それは何が言いたいのでしょう……？」

「それはもちろん――」

「待って！　やっぱり言わないで！　でもそれは誤解！　勘違《かんちが》いだから！」

ちょっと！　あの人何やってるの！

どうせ奴は私の後頭部でも見ながらうっかり昔を懐《なつ》かしんだりしていたのだろう。

そのせいで何も知らない彼女たちに誤解をさせているのだ。

なんて迷惑《めいわく》な……！

「時の王太子殿下は『神託の乙女』とあっという間に恋に落ちるそうですから、きっと今代の王太子殿下はエスニアさまに恋をされたのですね」

「フローレンスさま!?　いや誤解！　それは誤解！　もしかしたらちょっと仲良さそうに見えたかもしれないけど、それは誤解なの！」

ただ前世で十年ばかし一緒に暮らしていたせいなの！

とは言えなくて、私はただ口をパクパクさせながら必死にどう説明しようかと悩んでいた。

と、その時。エレナさまが言い出した。

「私、安心しました。殿下がエスニアさまを選ばれて。実は私ずっと悩んでいたのですけれど、これで心を決めましたわ。私、アルフレッドに告白します！」

「アルフレッドって、誰!?」

突然の展開に、私は今度はぐりんと顔をエレナさまの方に向けて思わず叫んだ。

するとそこには頬を染めつつも断固とした意志を感じさせるような、私の初めて見る表情のエレナさまがいた。

「私の幼なじみでダルトン伯爵《はくしゃく》家の次男なの。親は次男なんてダメだって言って全く認めてくれなかったのだけれど、私、このエスニアさまのお守りがあれば叶《かな》う気がする！　ええ、きっと叶うわ！　私、やっぱりアルフレッドと一緒になる……！」

いつもは大人しいエレナさまが並々ならぬ決意の炎《ほのお》を目に宿らせていて、私は心から驚き、そして狼狽《うろた》えてもいた。

「待って……それは単なるお守りで……効力がそれほどあるかは……」

「でもフローレンスさまのお守りも、エリザベスさまのお守りもものすごく効果があったじゃない。なら私もきっと叶うと思うの！　だから応援して欲しい……！　みなさまならきっと応援してくださるわよね……！」

「……もちろんです……けど……」

他の三人がそれぞれ意気揚々《いきようよう》と「ええもちろんよ！」「エレナさまが幸せにならないなんてあり得ないわ！」「一緒に幸せになりましょうね！」などと感動の場面を繰り広げている中、私は一人で茫然《ぼうぜん》としていた。

王太子妃候補が、一気に五人から実質二人になってしまった。

他に好きな人がいる令嬢が王太子と結婚したら、きっとどちらも不幸になるだろう。

だからこの、他の人に恋をしている三人は王太子妃にはならない方がいい。

となると。

（アマリアさま……あなただけが私の希望となりました……）

すがるような気持ちで見つめる私に気付いたらしいアマリアさまが、私を見てくすっと面白がるように笑った。

第三章　追い込まれる

これはまずい。とってもまずい。

まさかこんなことになろうとは。

私はその日の夜、ベッドの上で大いに悩《なや》んでいた。

私は突然《とつぜん》苦境に陥《おちい》ったのだ。

私以外に四人もいた『神託《しんたく》の乙女《おとめ》』が、いつの間にか残り一人になっている。

さすがの私も、サイラス殿下《でんか》が彼を愛してもいない人と結婚《けっこん》するのを見るのは忍《しの》びない。

他に好きな人がいる女性を娶《めと》るなんて、そんな不幸なことはないだろう。

しかしあの美しい顔があるというのに、全然乙女たちに惚《ほ》れてもらえないのはどうしてなのか。

（……ま……まあでも、まだ誰《だれ》も結婚したわけではないし……）

もしかしたらサイラス殿下の方が先に好きになって、強引《ごういん》に攫《さら》いに行くかもしれないじゃない？

そうしたらエレナさまだってフローレンスさまだってエリザベスさまだって、これからサイラス殿下を好きになるかもしれ……ないな。うん。

よくわからないけど、なんだかそれはないような気がする。

ということは……。

(まずい)

まさかの事態だ。非常事態。

これでアマリアさままでもがどこかの誰かと恋《こい》に落ちたら、『神託の乙女』が誰も王太子と結婚したがらないなんていう前代未聞《ぜんだいみもん》の事態になる。

それにあんなに完璧《かんぺき》な外面で毎日頑張《がんば》って交流しているのに誰にも愛されなかったとか、それはさすがにあの男が可哀相《かわいそう》だ。

でも、私にも自覚があるのだ。

私はあの男に対して、あの恋する三人のような気持ちにはなっていないのだと。

だってあの三人は、恋する相手が何かの拍子《ひょうし》に王太子になったとしても、きっと喜んで結婚するだろう。それほど相手に惚れ込んでいるのが見ていてわかる。

だけれど私は今でも嫌《いや》だ。

(ということは、私は彼に恋をしていない)

前世はまだそういう時代だったから、まああれはあれでよかったのかもしれない。

だけれどまた今世もそんな私と結婚するなんてことになったら、さすがに彼にもなんだか申し訳ない。

(ならば……)

私は一つの結論を導き出した。

ここは、アマリアさまと恋に落ちてもらうしかない。

過去で因縁《いんねん》のある私になんて気を遣《つか》わずに、心置きなくアマリアさまと仲良くしてもらいましょう。

だけれど私はもうアマリアさまにも「普通《ふつう》の恋愛《れんあい》お守り」を渡《わた》してしまっている。

アマリアさまが恋に落ちる相手がサイラス殿下だったらいいけれど、そうでない可能性もあるのだ。

私はむくっとベッドから起き上がると、ガウンを羽織った。

(もう背に腹は代えられない!)

私は行動しなければならない。私のためにも彼のためにも!

私は机に向かうと、サイラス王太子に初めてお手紙を書いた。

さらさらとしたためた手紙を、サイラス王太子に渡して欲《ほ》しいと言って王宮の使用人に手渡す。

もちろんその手紙は内容に問題がないか、きっとあの銀縁《ぎんぶち》眼鏡が検閲《けんえつ》をするだろう。

でも問題ない。

だって王太子自身がみんなの前で言ったのだから。薬草園の薬草を好きなだけ差し上げますよ、と。

（まさかあの言質《げんち》に頼《たよ》る日が来ようとはね……）

しかしこの緊急《きんきゅう》事態に、もうなりふり構ってはいられない。

私は自分の未来のために、そして彼の幸せのために、私にできることは何でもするべきだ。

私が王太子に所望《しょもう》した薬草たちは、てっきり明日あたりに届けられるだろうと思っていた。

だけれどなんと、それから数時間後の真夜中には全て完璧に揃《そろ》えられた状態で私の部屋に届いたので驚《おどろ》いた。

私がお願いしたたくさんの薬草たちが、十分な量できっちり揃っている。しかも。

（なんか……お願いしていないものまで入っているぞ……？）

私はなんだかちょっとだけ、嫌な予感がした。

なぜラントマベリーまで入っているのか。

私は赤々とした実を見つめながら考え込んだ。

これはあの薬草園にはなかったはずだ。少なくとも私の見た限りでは見当たらなかった。

そもそもこの国の気候では栽培《さいばい》は難しいはず。だから輸入するしかなく、しかもここまで綺麗《きれい》に干されているラントマベリーならばものすごく高価なはずだ。

そんなとっても貴重で高価なものは、たとえ持っていたとしてもさすがにお願いするのは悪いので、持っているのか聞きもしていない。

とにかく私は頼《たの》まなかった。

(なのに……わざわざ察して入れたわね？)

そうともこの実があるかないかで、効果が全然違《ちが》うのよ！

寄越《よこ》してきたのなら使ってやる！

私は夜中にもかかわらず、もらった薬草を手にいそいそと自室を出た。

そして厨房《ちゅうぼう》を探す。

本格的な魔法《まほう》を作るには、やはり火が必要なのだ。

王宮にはきっと立派な厨房があるはず。

そこの人に頼んで、ちょっと使わせてもらうつもりだ。

真夜中なので人は少ないが、そこはさすが王宮、厨房にも人が残っていた。

「お嬢《じょう》さま!?　こんな場所にいらっしゃっては……」

火の番をしていたらしい使用人の男が慌《あわ》てて私を追い出そうとするので、

「私は『神託の乙女』の一人、エスニアと申します。ちょっと作りたいものがあるのでかまどをお借りしたいのです」

と、お願いをする。

「貴族のお嬢さまが、かまどを……？」

そうですね貴族の令嬢《れいじょう》がまさかかまどを使って煮炊《にた》きなんて、そんな使用人の仕事が普通はできるわけがないよね。

でも私はできるのだ。

しかも現代のかまどは、前世の時よりいろいろ進化していて使いやすい。

なぜ知っているかって？

もちろん実家で使ったことがあるからね！　使用人として！

ということで。

「大丈夫《だいじょうぶ》ですよ。慣れていますし。心配ならそこから見張っていてくださってもいいですから」

そう言って押し切ろうとした時だった。

「彼女に使わせてあげてくれ。私が許す。あとは私が見ているから、君はしばらくの間部屋に戻《もど》って休んでいなさい」

そんな聞き覚えのある声がして私は最速で振《ふ》り返《かえ》った。

「ひいっ⁉　王太子殿下⁉」

なるほど『神託の乙女』の顔は知らなくてもこの王宮の主一家の顔はさすがに把握《はあく》して

いたらしい厨房の使用人は、真っ青になってぺこぺこお辞儀《じぎ》をした後あっという間に厨房

を出ていった。

すると当然、この広い厨房にはサイラス王太子と私の二人きり。

「……なぜ王太子殿下ともあろう方が厨房にいらっしゃるのです？」

私は思いっきりジト目になって、にやにやと笑っているサイラス殿下のことを睨《にら》んだ。

気分はすっかり悪戯《いたずら》をしようとして見つかってしまった子どもだ。

しかしいつもの「完璧王太子」の外面をどこかに忘れてしまったらしいサイラス殿下は、

いつもとは違う自然で楽しそうな笑顔《えがお》になって言った。

「君が面白《おもしろ》そうなものを欲しがったからね。久しぶりに君のお手並みを拝見しようと思っ

て」

その笑顔はおそらく今世では初めて見る、素のサイラス殿下の笑顔に見えた。

口調もすっかりくだけている。

そう、それはまるで……前世の夫そのものの態度。

私はため息をつくと、腰《こし》に両手を当ててさらにジト目になって言った。

「別に見なくてもいいわよ。そんなに見たい？　私があなた除《よ》けのお守りを作るところ

を」

ええ、私も「貴族令嬢」の仮面を捨てました。

「見たいね。なにせ久しぶりだからね」

そう言って楽しげな笑顔でよっこらせ、と使用人たちが使う素朴《そぼく》な食卓《しょくたく》の前の椅子《いす》に腰を下ろし、食卓に頬杖《ほおづえ》をついてこちらを見る前世の夫。

「……じゃあご自由にどうぞ」

私は開き直って彼に背を向けると、大きな鍋《なべ》を取り出した。

かまどに載《の》せて水を入れる。

そして彼にもらった貴重で新鮮《しんせん》な薬草を全部ぶち込むと、ふんふんと鼻歌を歌いながら楽しくかき混ぜ始めた。

本格的な魔法を作るのは本当に久しぶりで、私はなんだか楽しくなってきた。

どうせなら仕上げに魔力《まりょく》も山ほど入れて、超《ちょう》強力なお守りを作ってやる！

うふふふふ……！

おっと、つい不敵な笑《え》みがこぼれてしまった。

でも私の後ろに座っている男は過去にそんな私を見慣れているので奇異《きい》の目で見るでもなく、ただ大人しくにこにこと座っている。

彼は私が何を作ろうとしているのか知っている。

どうせ私が欲しがった薬草の種類で見当がついているのだ。

だからさらに効果を上げるためのラントマベリーまで渡してきた。

となるといまさら取り繕《とつくろ》う気にもならない。

いい感じに薬草に火が通り始めたので、私は一旦《いったん》鍋をかき混ぜるのを止めた。

あとは時間をかけて煮詰《につ》めるだけだ。

するとそれを見たサイラス殿下は、突然言い出した。

「懐かしいね、君のその姿。それで思い出したのだけれど、あのスープは今も作れる?」

「は?　スープ?」

「そう、あのたくさん野菜が入っている、君がよく作っていたいつものやつ」

いつものやつ。

その言い方が、もうすっかり前世と同じで私は軽い目眩《めまい》がした。

過去の記憶《きおく》が蘇《よみがえ》る。

今見えている目の前の男は見慣れたあの夫の顔で、声で、笑顔で。

ただ違うのはこの厨房がやたら広いことと、彼が着ている服がやたら上品で上等なものだということだけだ。

「……あれはダシをとらないといけなくて時間がかかるから、今から作るのは難しいわね」

「ダシならどこかにあるだろう。少し分けてもらえばいい。僕《ぼく》が許可する」

「わあ偉《えら》そう。許可されちゃった。でもダシって言ってもいろいろ種類が……ああ……これか……」

おそらく王宮の素晴《すば》らしい料理人が丹精込《たんせいこ》めて作ったであろうダシ、というより立派なスープが、厨房の一角に種類別に分けて大事に置かれていた。

中を覗《のぞ》くと、どれもがさすがとしか言いようのない素晴らしいスープだ。

「本当にいいの？　こんな立派なスープを拝借して」

「いいよ。料理人には後で僕から言っておくから」

事もなげにそう言った彼は、そんな時だけさすが今世は王太子として育った男なのだという風格を漂《ただよ》わせている。

記憶の夫と全く同じ、でもどこかが違う男。

見慣れた人のはずなのに、なんだか初めて見るような、そんな不思議な感覚だ。

「じゃあ、このチキンのスープを少しもらうわね。あと材料ももらうから。でも料理人には本当に言っておいてね？　私が盗《ぬす》んだなんて言われるわけにはいかないもの」

そう言いながら私はそのスープストックから二人分のスープをもらうことにした。

厨房の保管庫から野菜と肉も見繕う。

そして鍋を火にかけて肉の表面を焼き、スープを入れると手早く野菜を切って投入していった。

ちらりと後ろを見ると、やたら綺麗な顔の男が嬉《うれ》しそうな表情で大人しく座っている。

ふと、目が合った。

するとさらに笑顔になったその男は、ごそごそと小さな包みを取り出した。

「君が欲しいと言った薬草を摘《つ》む時に、一緒《いっしょ》に摘んできたんだ。僕の記憶では、君はスープに薬草を入れていたから」

見ると、そこにも薬草が。

私がお願いした薬草とは違う薬草たちが、またきちんとまとめられている。

だいたいが昔に私がよく使っていた薬草たちだった。

「よく覚えていたわね……でもまたティルを入れたいの？　ティルを入れるなら……って、ああ、苦み消しもしっかり摘んできたのね」

魔力を増強する力の強いティルは本当に苦いので、料理に入れるなら苦み消しの薬草と一緒に入れるものだというのも覚えていたらしい。

ただ、わざわざ摘んできたってことよね？

（ということはこれ、最初から作ってもらう気満々だったな？）

前世の夫がこの薬草を入れたスープを好きだったので、私もよく作っていた。

でもまさか今世でも食べたいと言われるとは、夢にも思わなかった。

まさかそんなに好きだったとは。

こんなの庶民《しょみん》がよく作る、よくある家庭料理だったのに。

ちょっと呆《あき》れた顔になりつつ私はそれらの薬草を受け取ると、ティルと苦み消しの薬草を一緒にしてよく揉《も》み始めた。

しばらく揉んでから、その薬草たちに魔法をかける。そうして水にさらすと、苦みだけが水に溶《と》け出《だ》すので苦みが随分和《ずいぶんやわ》らぐのだ。

そして間を置かずに沸《わ》いているスープに投入した。

スープにはお茶と違って肉の脂《あぶら》があるので、その効果でそれ以上苦みが出づらくなる。

ティルの苦みを消して料理するための昔からの方法だ。

まあ消えきらないんですけどね、この量だと。

それでもあの薬草茶に慣れた彼の舌は全然平気だったらしく、なぜかこのスープをよく飲みたがったことを思い出す。

（……こうしていると、まるで昔に戻ったみたいよね）

他の薬草たちも入れてひたすら鍋の中をかき混ぜていると、なんだか前世で料理しているかのような感覚になった。

でもふと見上げるとそこは見慣れた厨房ではなく、後ろにいるのもやたらと上等な服を着た男。

その男は私と目が合うと、ちょっと複雑そうな顔をして言った。

「そういえばスープに入れていた薬草は全部覚えていたつもりだったのだけれど、何かが足りないみたいで。それを用意できなかったのが残念だ」

「薬草は全部揃っていたと思うけど……ああ、じゃあもしかしてローリエかな？　香り付けのようなものだから薬草ではないのよ。普通の香辛料《こうしんりょう》だからきっとここにも……ああ、あった」

私はその葉を見つけ出すと、数枚失敬して鍋に入れた。

そういうところは本当に、薬草以外には全く興味がなかったままなのね……。

「へえ、だから料理人に作らせても同じ味にはならなかったのか」

「うーん、そんなことはないような……ローリエでそこまで変わるとは思えない……あ、そういえばティルの苦み消しに魔法を使うから、それかも？」

「そうか。全然気付かなかった」

「まあ、作業の流れでさりげなくやっていたからね」

ちょいちょいと使う簡単な魔法なんて、端《はた》から見たら使っていることがわからないものだ。

だから彼は私が料理に魔法を使っていることを知らなかったのだろう。

「いつ使っていたの？」

「ティルを水にさらす前に融和《ゆうわ》の魔法をかけるのよ。そうすると苦みが水に溶けやすくなるの」

「へえ、知らなかった。どうりで何度作ってみても味が違ったわけだ」

「自分でも作ったの？　王太子殿下が？」

「今じゃなくて前世でね。なにしろ僕は君がいなくなった後も随分長生きしたから」

あの前世の彼が？　料理をした？

「嘘《うそ》でしょう？　料理なんて食べれれば何でもよかった人だったじゃないの」

食に興味のなかった人が、まさか自炊《じすい》するとは思わなかった。

「君のスープが食べたくて再現しようと何度も作ったんだけど、結局再現できなかったんだ」

「次の奥さんに作ってもらえばよかったじゃない。こんなの、あの時代の女性ならみんな作れたと思うわよ？」

「再婚《さいこん》はしなかったからね」

「そうなの⁉」

私はびっくりした。

だって私が死んだ時彼はまだ若く、そしてとても美しい顔面を持っていた。

妻を亡《な》くしたと知られればまた女性がわんさかと寄ってくるだろうから、きっと再婚するだろうと思っていたのだ。

あの時代に独り身のままというのは、とても世間体《せけんてい》が悪いものだったこともある。

なのに、再婚しなかったの？

「僕は君と添《そ》い遂《と》げたかったんだ」

驚く私を真《ま》っ直《す》ぐに見てそう言った彼の顔は、昔の、かつて夫だった時の彼の顔に見えた。

ただ、どこか悲しそうな遠い目をしていた。

「……ごめんね、先に死んじゃって」

「いや……。ただ、君を助けてあげられなかったのを一生後悔《こうかい》していた」

彼の顔が歪《ゆが》んだ。悲しそうな、悔《くや》しそうな顔だった。

だから、私は言った。

「あなたが悔《く》やむことはないのよ。きっとあれが私の寿命《じゅみょう》だったの。それに、私は今なんの後悔もしていない。前世のことは、私、随分早死にだったなあ、程度にしか思っていないから」

あれが私の寿命であり、そういう運命だったのだと思っている。

だから彼が悔やむことなんて何一つないのだ。そう伝えたかった。

「……」

でも彼の悲しそうな顔は変わらなくて、ただじっと私の顔を見つめている。

きっと彼は今、前世の妻を見つめているのだろう。

「そろそろスープが食べられるわよ。食べる？」

そんな彼の視線から逃《のが》れるように、私は明るい声でそう言った。

前世は前世。あの記憶は過去のもの。

でも私たちは今を生きているのだから、今に意識を向けた方がいい。

そう思って。

その私の言葉を受けて、サイラス殿下もはっとした顔になって、にっこりとしながら
「いいね、食べよう」と言ってくれた。

よかった。彼には今世まで過去の記憶で苦しんで欲しくはない。

私はスープを手近な皿によそって彼の前に置いた。

ついでに自分の分もよそって匙《さじ》も出す。

一口食べると、さすが王宮料理人の作ったスープを使っただけあって、昔作っていたスープより随分美味《おい》しい気がした。

ふと見ると、上等な服を着た王太子殿下が素朴な庶民のスープを粗末《そまつ》な皿で、これまた木の匙を使って食べていて、なんだかおかしな風景だなと思った。

その時。

サイラス殿下がぽつりと言った。

「これが食べたかったんだ……」

なぜだか彼が涙目になって、しみじみと言うから驚いた。

え？　そんなに？

とつい言いそうになった時、私はなんだか焦《こ》げ臭《くさ》い匂《にお》いに気がついた。

「ん……？　焦げ臭い……あっ!!　魔法!!」

私がスープの前に仕込んでいた魔法が、すっかり水分が蒸発して鍋の底で焦げ付き始めていた。

慌てて駆《か》け寄《よ》って火にかけていた鍋をかまどから降ろす。

水を入れてはみたものの、すっかり焦げ付いてしまった魔法はもう効果がなくなっているようだった。

「嘘でしょう……？」

私はへなへなと座り込んでしまった。

せっかくもらった薬草たちを無駄《むだ》にしてしまった。

高価なラントマベリーまで使っていたのに！

「残念だったね。だけどその魔法は成功しても無駄だったから結果は変わらないよ。僕には効かないから」

木の匙を持ちながらにんまりと笑うその男は、まさしく前世の魔術師《まじゅつし》だった夫の顔だった。

そう、私よりも実力のある魔術師の顔だ。

「なんですって⁉　それでも少しくらい効果はあるはずよ。私だって駆け出しの魔術師ってわけじゃあなかったもの！」

大いにプライドを傷つけられた気がした私は、彼を睨んでそう叫《さけ》んだ。

だけれど奴のにやにや顔は変わらない。

「でも僕は長生きしたからね。最後には大魔術師とまで呼ばれるようになった。その僕に、そんな一般《いっぱん》的な魔法なんて効かないよ。全部破れるから」

「そんなのやってみないとわからな……大魔術師⁉」

それは、長い魔術師の歴史の中でも十数人しかいない魔術師最高の称号《しょうごう》である。

天才とほぼ同義だ。

この人が？

たしかに魔法バカだったけど、まさかこの人が……？

「僕は長生きしたって言っただろう？　君を失ってからもたくさん勉強や修業《しゅぎょう》ができたんだ。だからそんな単純な人除けの魔法なんて、僕には効かない。残念だったね」

はい、まさに私は王太子を私に近づけさせないようにする魔法を作っていました！

なのに失敗した上に再度残念だったね、と言われて、悔しくなった私は思わず叫んだ。

「じゃあもう魔法になんて頼らない！　とにかく私は王太子妃《ひ》にはなりませんから！」

「どうして？」

「どうしてって……王太子妃なんて責任重大で大変そうな人生は嫌なのよ。私は今世は適当な貴族の家に嫁《とつ》いでのんびり優雅《ゆうが》に生きるって決めてるの」

「そのためには相手は誰でもいいの？」

なんだかムッとした顔で言われたが。

「誰だってたいして変わらないかなって。だから今世は優《やさ》しくて私に好きにさせてくれそうな人を選ぼうと思ってる。ほら私『神託の乙女』になったから、きっと相手を選べるようになるでしょう？」

「じゃあ僕は誰と結婚すればいい？」

「え？　あ、アマリアさまなんかどうかな！　一番美人で、たぶん私たちの中で一番賢《かしこ》い人よ。あなただってせっかく王太子に生まれたんだから、一番綺麗な人を選べばいいじゃない。しかも賢いなんて未来の王妃《おうひ》さまにぴったり！　こんな前世となんら変わらない私なんかよりずっと適任だと思う」

そう言うと、なんだか悲しそうな顔をされたのだが。

なぜ。美人に惹《ひ》かれるものではないのか、男性というものは。

「やっとまた食べられたこのスープが、これで最後は嫌だな」

ぽつりと言ったその言葉。なんだか妙《みょう》にしみじみとしているのだが。

「でも作り方は今見ていたし、魔法もローリエもわかったんだから、もうここの料理人でも作れると思うよ？　あ、魔法は自分でかけないとダメかもしれないけれど。あとは、そうそう、水にさらしたティルは時間をおくとまた苦みが出るから、できるだけ早く鍋に入れてね。それだけ注意すれば――」

「僕は君が作ったスープがいいんだ」

そう言って私を見つめる目は、いつの間にか前世の夫から王太子の顔になっているように見えた。

王太子殿下はすっと立ち上がると床《ゆか》に座り込んでいた私のところまで来て、優雅な所作で手を差し出して私を立たせてくれた。

「ありがとうございます……殿下」

「君は……もう僕の奥さんにはなってくれないの？」

そう聞く殿下の顔がとても近くて、ふわりと彼の匂いがした。

スープを飲んで体が温まったのだろう。ほんのり汗《あせ》をかいて上気した顔の殿下は、妙に色気があってついドキドキしてしまう。

誰、これは。

それは……前世の夫ではない、知らない男の顔に見えた。

綺麗で、いい匂いがして、色気のある知らない男。

「べ、別にあなたが嫌とかそういうわけじゃなくてね？　ただ私は王太子妃にはならなくていいかなって。責任が重すぎてぐうたらもできないじゃない」

慌てた私は言い訳をするようにまくし立てる。

しかしそんな私にサイラス殿下はさらに近づいて一言。

「大丈夫。君は『神託の乙女』に選ばれた。『神託の乙女』に選ばれて王妃になった人ならば、何をしても非難なんてされないし、させない」

「いや仕事をしない王妃なんて私が国民だったら嫌よ。それに自分のぐうたらした生活が全国民に知られるのも嫌。私は今世はひっそりとだらだらしたいのよ」

「……でも僕は、ニアがいい」

そう耳元でささやかれた声に、ゾクッとする。

「……その呼び方は反則でしょう」

それは、前世の夫が私を呼ぶ時の愛称《あいしょう》だ。

じりじりと後ずさりをしていたら、腰が食卓にぶつかってしまった。

すると彼はそのまま食卓に手をついて、私を腕《うで》の中にすっぽりと入れてしまった。

「だって、僕はニアとまた一緒になりたいと思っているから」

私の頭はなぜかお酒でも飲んだのかと思うほどぼーっとして、低い彼の声が私の頭を痺《しび》れさせた。

でも、彼が私を「ニア」と呼んだことが引っかかって、かろうじて思考を取り戻す。

「あなたのニアは、もう死んだのよ。そしてあなたも。もう何百年も前のことなの。ただの魔術師だった私たちはもう死んでしまって、今いるのは王太子となったあなたと、一介《いっかい》の貴族の娘《むすめ》の私。ただそれだけの関係なのよ」

私はたぶん、自分にも言い聞かせていたのだろう。

そう、私たちはもう夫婦《ふうふ》じゃない。

知り合ってまだ一ヶ月くらいしか経《た》っていない、ただの知り合い。もしくは友人。

だけれど目の前にそびえ立つこの人は、そんな私をすぐ上からじっと見下ろしている。

この人、こんなに背が高かったかしら？

「でも僕たちはやり直すことができる。今度こそ長く一緒にいられるだろう。君にはあの生活は不幸だった？　僕は幸せだった。君と一緒に暮らしたあの十年の生活だけが、前世での僕の人生の全てだった。今度こそ、君を幸せにすると約束するから」

彼の吐息《といき》が耳にかかる。

……この人は、誰？

聞き慣れていたはずの彼の声なのに、言っている言葉も雰囲気も、何もかもが前世と違う。

こんな人ではなかった。

もっと飄々《ひょうひょう》とした人ではなかったか。

モテるのが面倒《めんどう》で、舞《ま》い込《こ》んだ結婚話にほいほいと乗っかった魔法バカではなかったのか。

少なくともこんなに色気のある熱い目で私を見つめるような人ではなかったはずだ。

ここにいるのは、誰……？

「私……私は……でもそんな……王妃だなんて……」

私の知っていた前世の夫とは全く違う気がしてきたこの男を前に、私は混乱していた。

ただわかっているのは、この目の前の男に流されてしまったら、その先には王太子妃、そして王妃という人生だ。

かつて暗記させられた歴代の王妃たちの眩《まぶ》しいほどの活躍《かつやく》と偉業《いぎょう》が頭を過《よぎ》る。

そんな偉業を期待する全国民から、一挙手一投足を見られる生活。行事や外交や慈善《じぜん》などの山ほどの仕事とそれに伴《ともな》う重い責任。そして跡継《あとつ》ぎを産むことへの全国からの期待……。

「ニア……」

「わ……私は子を産めなかった。十年も一緒に暮らしたのに、子どもは授《さず》からなかったわ。

今世もそうだったらどうするの」

当時は仕事の忙《いそが》しさにかまけて、後半は体調の悪さにも気を取られて、子を授からないことにはたいして悩んではいなかった。そんな夫婦は他にもいるのだからと。

でも、立場が王太子夫妻となると、それは大きな問題になるだろう。

そのことに私は思い至って、ますます頑《かたく》なになった。

「その時は周りが王族の誰かを後継《こうけい》に決めるからどうとでもなる。それに次はそうならないかもしれない」

目の前の男はそう言うが。

でも、もしも「また」だったら？

子も授からず、また……早死にしたら。

この先の人生をあくせくと王太子妃としてのお妃《きさき》教育や公務に振り回された挙げ句、また早死にしてしまったら。

そんなの、前世と何も変わらないじゃないか。

私はもっとゆったりとした人生が送りたいのに。そんな忙しくて責任も重い人生ではなく、もっと自由で身軽な人生にするって決めていたのに。

「今度こそ僕が守る。だからニア……」

目の前の男が私を抱きしめようとした。

私は反射的にその手をかわし、彼の腕の包囲から無理矢理逃れた。

「私は……私は、今世は違う人生にするって決めてたの……！」

それだけ言うと全力で自分の部屋へと駆け出した。

もう深夜だから、王宮の中とはいえ誰にも会わなかった。

誰もいない薄暗《うすぐら》い廊下《ろうか》を私はひたすら部屋まで走った。

そしてやっと自室のベッドへ飛び込んだ時、私の胸はまだドキドキしていた。

あれは誰だったのだろう。

知っていたはずの、知らない人。

見慣れた前世の夫の顔をしているのに、あれは全然知らない男の人だった。

けっしてあんな、切なそうな顔をする人ではなかったのに……！


「サイラス殿下聞いてくださいませ！　前にエスニアさまが作ってくださったお守りはシレンドラー少尉《しょうい》に送ってしまったのですが、エスニアさまは私にも恋愛のお守りを作ってくださったんですよ」

そう言ってにこにことお守りを取り出してサイラス殿下に見せ始めたのは、フローレンスさまだった。

今日ももちろん『神託の乙女』と王太子の交流は続いている。

私も当然ながらものすごく気まずい気分のまま、渋々《しぶしぶ》参加させられている。

しかしいつものように交流の場に現れたサイラス殿下は、いつもの鉄壁《てっぺき》外面を完璧に被《かぶ》ったいつもの殿下だった。

少しほっとしつつも、それでもどうにも気まずくて、なんとなく王太子の方は見ないで他の女性陣《じん》とばかり話していたら、どうやらフローレンスさまが気を利《き》かせてしまったようだ。

するとなんだかうきうきとした声が聞こえてきた。

「おや、それは素敵《すてき》ですね。とても可愛《かわい》らしいお守りです。実は前から気になっていたのですが、中には何が入っているのですか？」

……いや何が入っているって、魔法陣《まほうじん》と薬草ですよ。知っているでしょ。

それに私、お守りなんてそれはもう山ほど作っていたじゃないの前世で、仕事で。時には徹夜《てつや》で。

何をしらばっくれて「さっぱりわからないな」みたいな態度なのか。

昨夜だって、大鍋《おおなべ》で薬草を山ほど煮込《にこ》んで大きな匙でうきうきかき混ぜている私の姿を見ているでしょ……。

「……中には主に薬草と、おまじないの紙が入っておりますのよ」

あの大鍋は焦がしちゃったけど。

ああ本当にもったいなかった。特にラントマベリー……。

「エスニアさまのお守りは私もいただいたのですよ。素敵な恋ができるようにって」

エレナさまもなんだか嬉しそうにごそごそとポケットからお守りを出してきた。

「ほう、素敵な恋ですか。叶《かな》うことを祈《いの》っておりますよ」

「もちろん殿下がエレナさまと素敵な恋をしてもいいんですよ？」

外向きの微笑《ほほえ》みを浮かべたまま、まるで人ごとのように言う殿下に私は嫌味《いやみ》を込《こ》めて言った。

しかし。

忘れないで。ここにいる五人全員があなたの嫁《よめ》候補だということを。

「まあエスニアさま、エスニアさまは私の恋を応援してくださいますよね？」

とエレナさまが意味深に私に微笑み、

「そのお守りがあれば絶対に叶うと私は信じてるわ！　きっとエレナは幸せになる！」

とエリザベスさまが力説し、

「その通りよ。エレナさまにはエレナさまの素敵な恋があるのですもの」

とフローレンスさままでが言い出した。

とどめはアマリアさまである。

「いっそ殿下もエスニアさまにお守りを作っていただけばよろしいのでは？　きっと殿下

のお気持ちが通じるようになるに違いありませんわ」

「それはいいですね——」

「絶っ対に嫌……っと、ええと、残念ながらもう材料がありませんの～ほほほ」

いったい何を言い出すのかアマリアさまは。

だいたい今この外面笑顔で何にも知らなそうな顔をしている男は、実は私よりずっと強力な大魔術師だったと自分で言ったのだ。

お守りなら自分で作りやがれ。

顔に思いっきりそう書いて断ったのだが。

「しかし私もその効果絶大だというエスニア嬢のお守りをぜひいただきたいものです。足りない材料は何でしょう？　何でもご用意しましょう。薬草なら、私の薬草園にあるものなら何でも好きなものをお譲《ゆず》りしますよ」

「あー……とっても残念なのですが、わたくし男性用の恋愛お守りは作っておりませんの～～」

「……それは残念です。男性用のお守りも作るようになった暁《あかつき》には、ぜひ私にも一つ作ってくださいね」

「その頃《ころ》には殿下はもう、きっと素敵な伴侶《はんりょ》を得ていらっしゃるはずですから殿下にはお守りなんて必要ないと思います～～」

バチバチと二人の間に火花が散っているように見えたと後から言われてしまうほどには、私の対応は冷たかったらしい。

「どうしてエスニアさまはあんなに殿下に言い返せるのかしら。私なら怖《こわ》くてそんなことても言えないわ。もし本当にそう思っていても」

エレナさまが両手を頰《ほお》に当てつつ、心から感心したように言っていた。

殿下がいなくなるとすぐさま言い出したあたり、よほど私の態度は悪かったのだろう。

「本当に。でもそれができるのが本当に仲《い》が良いということなのかもしれませんわね。殿下とエスニアさまは、きっと相性が良いのですわ」

「フローレンスさま⁉　仲が良いわけないでしょう⁉　私は話もしたくないのよ？」

だって気まずいから！

なんだか今日は殿下の顔を見るたびに昨夜の顔まで思い出すから、もう気まずくてしょうがないったら……。

「でも殿下はエスニアさまとお話ししたそうですのに」

「アマリアさま？　あれがどうやったらそんな風に見えるんです？」

「でも私がお守りの話題を振ったのに、殿下はすぐエスニアさまに話しかけていらしたものねえ。もう何でもいいから殿下に何かお守りを作って差し上げたら？」

「あらいいじゃない！　きっと喜ばれるわ！」

なんてエリザベスさままでがけしかける。

いやだからあの男は自分でもっと強力なものが作れるから、私がわざわざ作ってあげる意味はないのよ……！

とは言えない私。ああこの悲しい状況から抜《ぬ》け出《だ》す方法がわからない。

「そうね、それがいいわ。きっと殿下がお喜びになると私も思う！　恋のお守りじゃなくてもいいじゃない。健康お守りとかでも何でも」

「そうそう、きっとエスニアさまが作ったものなら何でもお喜びになるわ」

「じゃあ私、アルベインさまに頼んでエスニアが必要な材料を殿下に伝えてもらうわ！　そうしたらきっと殿下がご用意してくださるでしょう。ついでにいろいろ余分にもらっちゃえばいいのよ！　そして私にまたお守りを作ってちょうだい」

エリザベスさまがにやっと笑って言った。

なぜか知らないけれど、四人は大いに盛り上がって楽しそうだ。

「あら、それだったら簡単ね！　楽しみだわ。エスニアさま、殿下には何のお守りを作ってさしあげる？　真実の愛を見つけるお守りなんてどう？」

「でもエリザベスさまの、ついでに余分に材料をもらうっていう案は大丈夫なのかしら？　エスニアさまが罪に問われたりしない？」

エレナさまはちょっと心配しているが。

「大丈夫でしょう。何を作るにしても失敗することはあるのだから、そのために材料を多めに用意するのはよくあること。ついでに何でもいただいてしまえばいいんじゃない？

きっと殿下は何だって喜んで用意してくれる気がするわ」

こういう時のアマリアさまの大胆《だいたん》さが私は好きだ。

ふむ、余計にもらうのはアリかもしれない……？

私はその時、つい欲を出した。

つまり、我《わ》が儘《まま》放題に材料を欲しがってサイラス殿下から断られるもよし、これを機に貴重な材料をもらってしまうもよし。

どっちに転んでも私には嬉しいことばかりじゃない？

「……」

私は何をもらおうかにやにやしながら考え始めた。

なんだろうこれ、楽しいな!?

「あ、エスニア。私はきっと材料を覚えられないだろうから、メモにしてくれると嬉しいわ。そうしたらアルベインさまにそれを渡すから」

「そういえばエリザベスさまはいったいどこでアルベインさまと会っているの？　二人が会っているところを見ないのだけれど。でもよく会っているのよね？」

「きゃっ！　フローレンス、もちろんよ！　もう恥《は》ずかしいっ！　実はアルベインさまはこの王宮の隅々《すみずみ》までよくご存じだから、こっそり会える場所もたくさん知っているの。誰にも見つからないような場所って、案外たくさんあるのよ～だから毎日場所を変えてこっそり……ね！」

「毎日!?　なかなかアルベインさまも大胆ね！　まだエリザベスさまは『神託の乙女』だから殿下のお妃候補なのに」

「だけど彼が、どうしても会いたいって……！　それに私も彼の声が聞きたくて～！　でも殿下も認めてくださっているそうだから、きっと私たちのことは問題にはならないと思うのよね」

「ええっ？　殿下公認《こうにん》なの!?　さすが側近、有能というかなんというか」

「だって殿下はエスニアしか眼中にないじゃない。だから殿下はエスニア以外の私たちが誰と恋愛しようと気にされないのよ」

「それはそうね」

「納得《なっとく》」

「ちょっとみなさま？　何を勘違《かんちが》いしているのかしら？　殿下はきっと放っておくと私がずっと黙《だま》っているから平等に会話をしようとされているだけよ。ただそれだけ」

勝手に話が変な方向にいくのは困る。

このおかしな関係が、恋愛状態だと思われるのもとっても困る。

私は今朝、ベッドで目覚めてから改めて昨夜のことを考えてみた。

すると私には、彼が私を身近に置きたいと思う理由が一つだけ思い当たった。

それは、魔力。

あの薬草茶や薬草の入ったスープへの執着《しゅうちゃく》度合いを考えると。

もしやあの男は前世のように、私に魔力の補充《ほじゅう》をさせたいのではないか、と。

だから魔力を余分に持ち、薬草茶や薬草スープをも作れる便利な私を手放したくないのではないか。

前世、奴は技術は持っていたけれど、魔力は少ない体質だった。

逆に、私は技術はそれほどだったけれど、とにかく魔力はたくさん持っていた。

だから師匠《ししょう》は私たちを結婚させたのだと思っている。

普段から彼はお茶や食事から魔力をできるだけ補充するべくティルなどの薬草の入ったものを好んで摂《と》っていたが、それでもひとたび大きな魔法を作り上げたりした時は魔力が足りなくなってよく倒《たお》れていた。

だからそんな時は私がよく魔力を分けてあげていたのだ。

お礼に彼は私の魔法の勉強を手伝ってくれた。

お互《たが》いにとても良い関係だったのだ。

でも。

（今世はもう、そんなに魔力にこだわる必要はないと思うんだけど）

たしかに今日の殿下は昨夜の薬草スープのせいか、妙に顔が艶々《つやつや》していたような気はする。

だけれどそれだけだ。

今世ではもう魔法は使わなくてもなんの問題もないので、魔力を消耗《しょうもう》するようなこともないはず。

ん？　じゃあ私、いらなくない？

なんだろう、前世からの強迫《きょうはく》観念で魔力切れが怖いとかかしら？

はて。他に理由が——

そう考えた時に突然、昨夜の妙に色気のある迫力《はくりょく》の殿下の姿を思い出してしまった。

——でも僕は、ニアがいい。

その少しかすれた声で耳に直接吹《ふ》き込《こ》まれた言葉を思い出したら、またなんだか顔が熱くなって、頭がくらくらした。

あれは……なんだったのだろう？

王太子として身につけた、女性を説得するための何かの技《わざ》だったのだろうか……？

「エスニアさまの今日の殿下への態度も、愛されている自信から出る余裕《よゆう》かと思ったのですけど」

けれども明後日《あさって》な方向へ向かい始めた話は終わっていなかったようだ。

「そんなわけないでしょう。ほーら見て？　私のこの目、喜んでいるように見える？」

あれは単に、前世と同じ態度なだけだ。ただの夫、もしくは兄弟子《あにでし》にならあの態度でも十分丁寧《ていねい》じゃないか。

「でも怒《おこ》ってもいいないわよね？」

うふふふ、と楽しそうに笑うアマリアさまを、私はじっとりと睨んでもう放っておくことにした。

代わりに私はちゃっちゃと書いたメモをエリザベスさまに渡して言う。

「ではアルベインさまにこれを渡していただける？　これだけの薬草があればだいたいどんなお守りでも作ることができるから、この薬草をくださいなって、殿下に伝えてくださいって」

そう言って渡したメモには力一杯《ちからいっぱい》たくさんの薬草を書いておいた。

ついでにラントマベリーもたくさん欲しいと書いたのが今回のポイントだ。

そう、ラントマベリー！

このとってても便利で高価で貴重な材料をもしもくれるというのなら、お礼に多少働いてあげてもいい。

何でも好きなお守りを作ってあげるとも。

ついでにとっても可愛いお守り袋《ぶくろ》にも入れてあげましょう。どんな布がいいかしら？

ピンクの花模様にする？

自分で作れるものを私に本当に頼むかはわからないが、もしも頼んできた時は、これだけの量の材料の対価として喜んで作ってやろうじゃないか――


はたして、その数時間後には全ての材料が耳を揃えて私の元に運ばれてきたのだった。

大きな盆《ぼん》に山盛りに積まれた薬草を恭《うやうや》しく掲《かか》げながら大事そうに持ってきたアルベインさまの姿に、私は軽く目眩がした。

早すぎでしょう……？

呆れる私にアルベインさまは淡々《たんたん》と言う。

「これらは殿下がエスニアさまのメモをご覧になってすぐにご自分の薬草園へ赴《おもむ》き、殿下自らが摘まれた薬草です。エスニアさまにお渡しする薬草は全て殿下しか触《さわ》ってはいけないと仰《おっしゃ》いましたので、このまま盆をお渡しする形でよろしいでしょうか。こちらの机の上に置いても？」

そう言いながら私の部屋にあったテーブルの上にさっさと薬草を盆ごと置くアルベインさま。

「あ、はい……ありがとうございます……」

なんだその「殿下しか触ってはいけない」って。どういう理由？

「あと殿下から、こちらもお渡しするようにと」

そう言って差し出されたのは、手の平大のいかにも高級そうな金の飾《かざ》り箱。

薬草とは別に持ってきたようだ。

小箱を受け取って蓋《ふた》を開けてみると、そこにはぎっしりと見るからに高品質のラントマベリーが入っていた。

えええええ……この品質でこの量のラントマベリーって、この金の小箱より高いんじゃないの……？

私はおののいた。

まさかここまで高品質のラントマベリーを持っているなんて。

しかもこんな量をそんな気軽に人に贈《おく》るなんて……！

「まあエスニア！　その小箱、なんて素敵なの！　すごいわね～なんて綺麗なんでしょう。細工もこれ、高度な職人技よ？　さすが王族が持つものだけあるわねえ」

ちゃっかり薬草を運ぶアルベインさまにくっついてきていたエリザベスさまが感心したように言った。

「こちらの小箱は殿下がエスニアさまに、と仰っていましたので、このままお受け取りく

「まあ！　さすが王太子殿下ね！　こんな高価な贈り物を簡単にするなんて……！　中身はさぞ素敵な……ドライフルーツ？　それ、美味しいの？」

エリザベスさまがラントマベリーを見て困惑《こんわく》していた。

ラントマベリーの価値を知らない人にはただの乾燥《かんそう》した実にすぎないから驚くのも無理はない。

「これは食べるのではなくて、お守りの材料になるんですよ。この国ではなかなか栽培が難しいのでこうして乾燥させて保存するんです」

「まあそうなの。全然知らなかったわ。私にはその実の価値はちょっとわからないけど、きっとあなたのその様子ではとっても嬉しい贈り物だったのね。よかったわね、エスニア」

そう言ってくれるエリザベスさまに私は嬉しくなって、お礼を言おうとした時だった。

「殿下が作っていただきたいと仰っているお守りの効果につきましては、殿下がお書きになったメモがこちらにありますのでお受け取りください」

そう言って差し出された封筒《ふうとう》。

開くと中には流暢《りゅうちょう》な文字で希望が書いてあった。

「迷子札が欲しい。出来るだけ強力な」

迷子札？

それってあの、子どもを捜《さが》すためのお守り？

たしかに私の作る迷子札は優秀《ゆうしゅう》で評判がよかった。

子どもはよく一瞬《いっしゅん》でいなくなるから、たくさんの親に感謝されたものだ。

でもあれを？　何のために？

……まあ作るけど。

前世で山ほど作っていたからお手の物だ。きっちりご要望のものを作ってあげよう。

こんなに素晴らしいラントマベリーまでくれたのだから、腕によりをかけて最強のものを作ってやろうじゃないか。

私の中の職人魂《だましい》に火がついた。

私はふふふと怪《あや》しげな笑いを漏《も》らしながら、薬草を厳選し始めた。


「エスニア嬢、そのお茶はお好みではありませんでしたか？　薬草園から持ってきたラベンダーを入れてみたのですが」

何か心配そうに私の顔を見てそう言う殿下はいつもの殿下と同じはずなのに、なんだか最近は話しかけられるたびに照れるようになってしまった。

殿下の顔を見ると、この前の深夜の厨房でのことを思い出してしまうのだ。

あの妙に色気のある迫力の美丈夫《びじょうふ》は、知らない男の顔をしていた。

その顔を思い出すたびに、なんだか逃《に》げ出《だ》したくなるような、恥ずかしいような気持ちになる。

でもこのラベンダーを入れたお茶は、前世でこの男がよく飲んでいたお茶である。

他にもいろいろな薬草を入れては嬉しそうに飲んでいた。

せっかくお茶を飲むなら薬効もあった方が嬉しいよね、そういう考えの男だったから。

だけれど前世とは全く違う優雅な仕草でお茶を飲むその姿を見ていると、やっぱり全然違う人のような気もしてきてしまって。

「いいえそんなことはありませんわ。美味しくいただいています」

見慣れていたはずの顔が妙に眩しいというか、魅力《みりょく》的に見えるようになって困ってしまう。

これは前世の夫。

そう考えたら今は多少動揺《どうよう》していても、またきっとすぐに見慣れた顔になるのだろうとは思っている。今は昔との違いが気になって動揺しているだけだろうから。

ただそのせいで今は、サイラス殿下にじっと見つめられるとなんだか落ち着かないような気分になってしまうのも事実で。

だから、こうして『神託の乙女』五人で殿下と会っている時は少しほっとする。

彼がたくさんの人の相手をしなければならないから。

王太子と『神託の乙女』とのお茶会も、最近はもうすっかりお互いに打ち解けて和気《わき》藹々《あいあい》とした楽しいものになっていた。

アマリアさまがサイラス殿下をちょっとからかったりする時さえある。そんな時は殿下は朗《ほが》らかに笑ったり悲しむふりをしたり。

そして他の四人がころころと笑う光景は平和そのもので、世の中の人たちが想像しているであろうドロドロとした王太子妃選とは真逆の世界だ。

そして表面的な会話ばかりでもなくなり、本音も言えるようになってきた。

なにしろここには「王太子に好かれたい」という女性が、なんと一人もいないのだから。

それでいいのかはもう考えない。

だってそれが事実なのだし、ならもうどうにもしようがない。

たしか選ばれた『神託の乙女』の内の少なくとも一人は、時の王太子と「すぐに」恋に落ちるのではなかったか。

でも三人はすでに他に好きな人がいるし、アマリアさまも私の目から見たら一番王太子妃に向いているのに、別に殿下に恋をしているわけではないようだ。

私だってかつて十年も一緒に暮らした前世の夫と今さら恋愛なんてする気にはなれない上に、王太子妃や王妃なんていう立場が重すぎて。

結果私たちはこの一ヶ月の間、ただただ友情を築き上げていた。

だからだろう、今日のサイラス殿下はエレナさまの表情がいつもより暗いことが気になったようで、心配そうに声をかけていた。

「エレナ嬢、最近お父上の訪問がよくあるそうですが、何か問題でもありましたか？」

エレナさまはびっくりしたようで、慌てて答えていた。

「申し訳ございません殿下。ご心配をおかけして……」

「いえいえ、それはいいのですよ。ただ、縁《えん》あって友人になったあなたがもしも問題を抱《かか》えているのであれば、お力になれたらと。お父上はなんと仰っているのですか？」

優しい微笑みでエレナさまを見つめる殿下を、私はぼうっと眺《なが》めていた。

エレナさまに問題？　全然気付かなかった。

『神託の乙女』である私たち五人は一緒にいることが多いが、だからといってプライベートの時間がないわけではない。

一旦《いったん》自分の部屋に入ってしまったら、他の人たちが何をしているのかは意外とわからないものなのだ。

だからエレナさまのところにお父さまが訪《おとず》れていることも私は知らなかった。

でも王太子から聞かれてしまっては、立場上答えなければならない。

エレナさまは言いづらそうにしていたけれど。

「問題というか……父がサイラス殿下は誰を選ぶ予定なのか、お前なのかとしつこく聞くものですから、根負けして少なくとも私ではないと思うと答えたのです。そうしたら父が、では私が王宮から帰ったら前の婚約《こんやく》を復活させると……」

王太子が誰を選ぶのかは、重要な情報なので迂闊《うかつ》に漏らすことはできない。

誰もが平等に、王宮からの正式な発表を待たなければならないとされている。

そうでないと誰もが探《さぐ》り始め、落選予定の『神託の乙女』が誰かという情報戦、そして争奪《そうだつ》戦が水面下で繰《く》り広《ひろ》げられるからだろう。

ただ娘が親に自分の感想を伝えること自体は、明文化して禁止されているわけではない。

エレナさまが「私ではないと『思う』」と言うことは、明確な禁止事項《じこう》ではないのだ。

事実とは異なっていてもただの感想だから、という、逃げ道。

まあ、選ばれるにしても選ばれないにしても、親はその後の準備や根回しが必要になるからだろう。

王太子妃に選ばれない場合は、どこに嫁に行かせるか。

それが大問題になる家もあるだろう。

「前の婚約……たしか、ダルトン伯爵《はくしゃく》家嫡子《ちゃくし》との婚約ですね」

王太子って、そんなことまで把握《はあく》しているの？　と思ったが、考えてみたら『神託の乙女』についての情報は一通り調べられているのだろうし、報告もあるだろうから頭に入っているのだろう。

「はい」

エレナさまがちょっと悲しそうな顔で答えた。

「でもそのお顔ということは、あまり嬉しくはないのですね？」

「……私、サルトルさまは昔からちょっと苦手で……ただ両親は良い縁談《えんだん》だと言って喜んでおりますので、私が嫌だと言ってもなかなか聞き入れてはもらえなくて」

そう言うとエレナさまは表情を曇《くも》らせた。

「それは困りましたね。では次にお父上が王宮にいらした時に、私からその婚約は急がずしばらく待つように言っておきましょうか？」

「まあ、ご配慮《はいりょ》ありがとうございます。ですがそれでは両親に、殿下が私を選ぼうとしているのではという期待をさせてしまうことになりますので……」

まあ、そうなるか。そうでしょうね。

おそらく誰の親も、娘が王太子妃に選ばれることを期待しているのだろうから。

私の親以外は、だけれど。

「エレナさまには、心を寄せる相手がもういらっしゃいますものね」

アマリアさまが、いきなり言った。

仮にもここは王太子妃を選ぶための場なので、そんなことを直接話題に出していいものかと躊躇《ちゅうちょ》していたのだけれど、さすがアマリアさまである。

それに対しサイラス殿下は別に驚く風でもなく、穏《おだ》やかな口調で言った。

「ではその方と一緒になるのがエレナ嬢の幸せというものでしょう。もちろんその方がならず者でないことが条件ですが」

その言葉に、ちょっとだけくすくすと笑いが起きる。

重い話題が少しだけ軽くなったような気がするので、きっとわざと付け足したのだろう。

前世の彼は、そういうことはできない人だった、とまた私はこういう時につい思ってしまう。

王太子として育ったから、こんな社交術が身についたのだろうか。

エレナさまは、ぽっと頬を赤らめつつちょっと嬉しそうにしていた。

「ならず者ではありませんわ。れっきとした貴族の子息でとても真面目な方ですから」

「そうなのですね。それはよかった。ではその幸運な方は誰でしょう？」

「あ……ダルトン伯爵家の……次男で……」

「なのに長男との婚約を、ご両親がさせようとしている？」

「はい……どうしても次男ではダメだと……」

ましょう」

「なるほど。それは悲しいですね。なんとか上手《うま》くアルフレッド殿《どの》と結ばれることを私も願っていますよ。エレナ嬢がどうしてもご両親の言うことを聞かなくてはならなくなった時は、あなたがどこにいたとしても私に知らせてください。私からご両親に助言するとしましょう」

王太子からの助言とは、それすなわち命令である。

エレナさまがぱあっと明るい顔になって、サイラス殿下にお礼を言った。

「ありがとうございます殿下。なんてお優しい……」

「いえいえ。せっかくこうして知り合えた大切な友人が不幸になるのは嫌ですからね。私はこの場にいる全員に幸せになって欲しいと願っています。そのために私にできることがあるなら、ぜひやらせてもらいますよ」

そう言って完璧に美しい笑顔で微笑んでいる。

そんな殿下をエレナさまが幸せそうな笑顔で見つめていた。

なんて美しい光景だろう。

だが私は気付いてしまった。

まさに今、エレナさまが殿下の公認を得て王太子妃候補から外れたことに……！

殿下がエレナさまの恋を認めたということは、殿下はエレナさまをもう選ばないと言ったも同然。

「でも殿下、エレナはエスニアのお守りを持っているからきっと大丈夫ですわ！　素敵な方と結ばれるという恋愛お守りですもの！　嫌な人とは結婚しないはずですわ！」

そこにエリザベスさまがそう言い出した。

エレナさまが「殿下公認」で王太子妃選から外れたことにショックを受けていた私は、反応が少しだけ遅《おく》れた。

その隙《すき》に殿下がにこにことエリザベスさまの方を向いて言った。

「それは良いですね。ではきっとエレナ嬢は意中の方と結ばれることでしょう。ところでそのお守りは他にも誰かお持ちなのですか？」

そう聞かれてエリザベスさまはちょっと気まずいと思ったのか、言い訳するように言った。

「実は、私たち四人全員がエスニアからいただきましたの……あ、でもそれはその人にとって一番幸せになれる方と恋愛できるお守りだとエスニアは言っていたので、そのお相手が殿下だという方もいらっしゃると思いますわ！」

今まさにエレナさまが公式に外れたけどね！

他にもほぼ外れているだろう人が二人いるけどね……。

私は初めて、お守りを渡さなかった方がよかっただろうかと思った。

でも、サイラス殿下と結婚して不幸になるくらいなら、やっぱり幸せを感じる相手と結ばれて欲しいし……。

「なるほど、それは良いですね。私の、ここにいる全員に幸せになって欲しいという願いとも合致《がっち》しています。それでエリザベス嬢には、一番幸せになれる相手はもう見つかりましたか？　それが私ということは？」

サイラス殿下がそう言った瞬間《しゅんかん》、殿下の後ろに気配を消して付き従っていた銀縁眼鏡の喉《のど》から何かが潰《つぶ》れたような音がした。

対照的に、サイラス殿下がやたら良い笑顔をしている。

それはもう楽しそうな、切実さとは反対の。

これは……明らかに自分の側近をからかうためだけに言っているよね。

エリザベスさまも、少し前まではサイラス殿下にそんなことを言われたら天にも昇《のぼ》る心地《ここち》だっただろうに、今は真っ赤になって、

「あっ！　いえ！　おかげさまで私ももう見つかりましたわ！　おかげさまで！」

なんて言いながら殿下を押しとどめるような仕草で手をぱたぱたと振っていた。

その瞬間、今度は銀縁眼鏡アルベインさまがそれは嬉しそうに満面の笑みになっているのを私は見た。

……なんの茶番なの、これは。

「おや、エリザベス嬢に振られてしまいました。残念です」

「何を仰います殿下～！　もう、私のことなんか全然好きでもないのに、殿下は意地悪ですわ～！」

エリザベスさまが真っ赤になって嬉しそうにそう言っているのを、私はただ虚無《きょむ》の顔で眺めていた。

これで、殿下公認で王太子妃候補から外れた『神託の乙女』が二人か……。

「ところで、アルバート・シレンドラー少尉が特進で大尉《たいい》に任じられたそうですね。たしかフローレンス嬢はお知り合いだったかと。おめでとうございます」

次はフローレンスさまにサイラス殿下がそう言っているのを見て、私はフローレンスさまの好きな人が誰なのか、もうサイラス殿下も知っているのだろうと悟《さと》った。

「まあ殿下、ありがとうございます。と言っても私はただの護衛対象だったというだけなので、私がお礼を言うべきかわかりませんが」

そう言いながらもフローレンスさまは、とても幸せそうな笑みを浮《う》かべていた。

そうか、フローレンスさまの好きな人は、順調に、いや大出世をしたらしい。

「いえいえ、彼はあなたからもらったお守りをとても大切にしていて、肌身離《はだみはな》さず身につけているともっぱらの噂《うわさ》です。あなたが贈ったものですよね？」

「まあ……それはとても嬉しいことですけれど、でもそれはきっと私からというよりエスニアさまの作ったお守りがとても効果があると実感したからに違いありませんわ」

「たしかに彼はまるで神に守られているかのように強いという話です。もしやエスニア嬢のお守りは、出世のお守りだったのでしょうか？」

だから殿下、私に話を振らないでください……と目で訴《うった》えても、さらっと笑顔で無視されるこの現実よ。

——何のお守りだったの？

そんな興味津々《きょうみしんしん》な視線を寄越してくる殿下。

出世のお守りだとは思っていないのが丸わかりだ。

そうですねその通りですよ。「出世のお守り」を作ろうとしたら、いろいろ稀少《きしょう》な材料が必要だものね。ただの貴族令嬢では手に入れられない、少々物騒《ぶっそう》なものも必要になってくる。

だから本当は何のお守りなのか疑問に思ったのだろう。

結局私はまたつい視線を外して横を向きながら、何でもないというような口調で答えた。

「お守りですから怪我《けが》をしないように、無事に生き残れるようにという願いしか込めていませんわ。ですからその方が出世したというのなら、それはその方の能力が高かったということです」

「ほう、そうなのですか。ではきっとシレンドラー大尉はとても優秀な方なのでしょうね。彼の素晴らしい、いやすさまじい活躍の報告がよく私のところまで届くのですよ。どんな場面でも臆《おく》せず勇敢《ゆうかん》に敵に立ち向かう姿は、他の多くの兵士たちの勇気にもなっているそうです。素晴らしい人物ですね」

そう言う殿下に、フローレンスさまは幸せそうな笑みを浮かべている。

「本当に素晴らしい方なのですね！　国の英雄《えいゆう》ですわ！」

エリザベスさまが感激したように言った。

その途端《とたん》に銀縁眼鏡の顔にぴしりと緊張《きんちょう》が走ったように見えて、私は密《ひそ》かに笑ってしまった。

「ええそうなのです。実は今回の特進も彼の素晴らしい功績に対するものなのですが、実はそれとは別に報奨《ほうしょう》も考えていましてね。それで何か欲しいものがないかと聞いていたのですが……」

そう言いながら、殿下はじっとフローレンスさまの顔を見ていた。

「まあ、それはようございました。彼の努力が報《むく》われるのは私も嬉しいですわ」

フローレンスさまはにこにこしながらそう言っている。

でもそんなフローレンスさまに殿下は、

「私もぜひ報いたいと思っているのですが、その報奨には少々問題がありまして」

と慎重《しんちょう》に言った。

「問題ですか？」

「ええ。ただ……あなたのその表情を見ていて、直接あなたにお聞きするのが良い気がしましたので今ここでお聞きしましょう。実は、アルバート・シレンドラー大尉から、報奨としてフローレンス嬢を欲しいと言われましてね。もしもあなたにその気があるのなら、彼の希望を叶えようと思っているのですが」

「アルバートが……？」

心底驚いたといった表情でフローレンスさまが固まった。

「はい。全てはあなたからいただいたお守りに守られた結果なので、あなたは勝利の女神《めがみ》なのだと。だからその勝利の女神をいただきたいと」

「ただし、もちろんお受けになったとしても最終的な決定は『神託の乙女』としてのお役目が終わった後となりますので、その点はご承知置きください」

ずいっと銀縁眼鏡……もといアルベインさまが後ろから口を挟《はさ》んだ。

「まあ！　素敵！　なんてロマンチックなの……！」

エリザベスさまが感激していた。

もちろん私も嬉しかった。

フローレンスさまはアルバート氏のことが好きだと言っていたけれど、アルバート氏の気持ちは知らなかったから。

でもその彼がフローレンスさまを欲しいと言ったということは、きっと彼もフローレンスさまと同じ気持ちだったのだろう。

「あなたがそれで良いなら、彼に承諾《しょうだく》の返事をしようと思います。もちろんあなたが嫌がるなら彼には別の報奨を与《あた》えることにします。私は友人を泣かせたくありません。あなたはどう思いますか？」

そう聞く殿下に、フローレンスさまは震《ふる》える声で答えていた。

「彼が……彼が私を望んでくれたのでしたら、私は喜んで……彼に……」

それ以上は言葉が出ないようだ。

でも心から喜んでいることはその様子からとてもよくわかったので、殿下も私も、そしてその場の誰もがにこにこしながらフローレンスさまを見守っていた。

「わかりました。では彼には承諾の返事をしましょう。ただアルベインが言う通り、このことはフローレンス嬢が正式に『神託の乙女』の役から離《はな》れてからの発表になりますので、それまではみなさんも内緒にしてくださいね」

そう言うとサイラス殿下は、人差し指を自分の口に当ててウインクをした。

もちろんですわ、そうみんなが一斉《いっせい》に返事をした時、私は嬉しい気持ちと暗澹《あんたん》たる気持ちがごちゃ混ぜになっていた。

フローレンスさまが相思相愛で、とうとう結ばれることになったのは心から嬉しい。

でも……「殿下公認」で王太子妃選から外れてしまった『神託の乙女』が、あっという間に三人になってしまったのだ。

知っていたけど……知ってはいたけど！

でももう、実は殿下がその中の誰かを好きになって頑張る、ということもないということだ。

なにせ殿下本人が笑顔で認めたのだから……。

「何を今さらショックを受けているのかしらエスニアさまは」

エレナさまが呆れたような顔をしていた。

「そうよねえ。そもそも私たち、最初から殿下の眼中に入っていなかったしねえ」

エリザベスさまもケラケラと笑う。

「サイラス殿下はとってもお優しいじゃない。何を迷うことがあるのかしら」

フローレンスさまも不思議そうに首をひねっているが。

「みなさま……ご自分たちが幸せだからって、楽しんでいません？」

私はジト目でみんなを見回した。

晴れて殿下から解放された三人は、それは晴れやかな顔をしていた。

あとはこのまま幸せに向かって行くのみという、それはもう清々《すがすが》しい表情だ。

きいっ！

羨ましい！

「でも殿下から話題を振られたのだし、どうせもう全てご存じだったでしょう。怒られることもなく祝福してくださってほんとよかったこと」

「なにアマリアさままでにこにこしているんですか。残るは私とアマリアさまだけなんですよ？　アマリアさまは王太子妃になるお覚悟《かくご》があるんですね？　私にはありません」

「やあねえ、そんな覚悟なんて〜。そんなものはもしもサイラス殿下からプロポーズされるようなことがあったら、その時に考えるわ〜」

おほほ〜と朗らかな笑顔で相変わらず楽しそうなアマリアさまなのだが。

「なんでそんなにのんびりできるの⁉　王太子妃なんて大変じゃないの！　その確率が二分の一になったのよ⁉」

いきり立つ私に、周りの四人から妙にぬるい視線が向けられた。

「本当に二分の一だと思っているの？」

「鈍《にぶ》いにもほどがあるわね」

「あんなに仲良しなのにねえ？」

「そろそろ覚悟を決めないとね」

「えええ⁉　覚悟なんて永遠にないわよ！　どんなに仲良しに見えてもそれで恋に落ちたことにはならないでしょう⁉」

仲良しに見えるのは！

ちょっと昔《むかし》なじみだからなだけなの……！

とは言えないせいで、口をぱくぱくさせる私。

いやいっそ言った方が納得してくれ……いやそんなことを言ったら「じゃあやっぱりエスニアさまを差し置いて殿下と結ばれるわけには～」と言われてしまう気がする……。

「エスニアさまがどう言おうと、殿下があれですものねえ」

「あれっていうのは、あれですか？　私の薬草茶をがぶがぶ飲んでいた、あの態度ですか!?」

あれは私が好きなんじゃなくて、信じられないかもしれないけど、本当にあの薬草茶が好きなのよ！

「そうそう。それに殿下はエスニアの作るスープがとってもお好きだとか。いつの間にそんな仲になっていたのかしら～」

「はあっ!?　いつの話!?　そんな話いつしてた!?」

そんな話を万が一にもみんなの前であの男がしたら、絶対に私が邪魔《じゃま》をして全部を語らせないはずなんだけど!?

と思ったら。

「この前アルベインさまが。殿下がそれは嬉しそうに仰っていたそうですわ。エスニアったら本当にいつの間に～」

アルベイン！

あの銀縁眼鏡め‼

いや違う。元凶《げんきょう》はあの殿下だ。

何をポロッと言ってくれているのか‼

「まあ全然知りませんでしたわ！　そんなことが？　エスニアさま、それはいつの話ですの？　どうしてスープを作ることになったんです？」

「エレナさま……どうしてそんなに目を輝《かがや》かせているんですか……それは、あれですよ……あれ……実は前に私、ちょっと深夜にお腹《なか》が空《す》いてしまったんです。でも侍女《じじょ》を起こすのは忍びないので、こっそり厨房に行って簡単なスープを作っていたんですよ。自分のために。そうしたらなぜか殿下が現れて自分も欲しいと言い出して……そうしたら断れないでしょう⁉」

口をぱくぱくさせつつも、なんとか辻褄《つじつま》の合う話を必死にでっち上げる。

正直には話せない。

あの男が前世に飲んだスープが飲みたいなどと言い出したなんて……！

「まあ……それで殿下は胃袋《いぶくろ》までエスニアさまの虜《とりこ》になってしまったのですね！」

「フローレンスさま、それは違います！　きっと深夜に飲んだから背徳感があって、そのせいで美味しく感じただけですきっと！」

「エスニアさまはご自分で美味しいスープを作れるのですね。素敵だわ！　二人きりでお食事なんて、まるで本当に夫婦みたいじゃありませんこと？」

「エレナさま……普通の貴族は自分で料理なんてしないんですよ……」

「あら、私の母はお菓子《かし》をよく作るのよ？　父の好きなお菓子を作った時は、両親が仲良く食べていて微笑ましいの。そんな関係、素敵よね！」

「エリザベスさま……お菓子ならまだしも、ただのスープですよ……可愛げも何もありゃしない。単に私の食事を横取りしたんですよあの殿下は……」

考えてみたら、私はあのスープをほとんど口にしないで部屋に帰ったのだ。

だから横取りと言っても間違《まちが》いではない。断じて、ない。

「殿下が気に入ったのなら、また作って差し上げればいいんじゃない？　私もいただいてみたいわ、そのスープ。きっと美味しいんでしょうね」

「作りません！」

アマリアさまはいつも楽しそうだな、と、そんな私の返答を聞いてケラケラと楽しそうに笑っている顔を睨みながら思った。

と、同時にあの時のサイラス殿下の顔が浮かぶ。

——でも僕は、ニアがいい。

そう言った彼の顔を。

——だって、僕はニアとまた一緒になりたいと思っているから。

そう言っていた彼の顔も。

でも、それは過去の幻影《げんえい》を追っているだけではないの？

前世と同じ薬草茶を飲み、薬草の入ったスープを飲み、前世と同じように魔力しか取《と》り柄《え》のない妻を持つのが彼の幸せなのだろうか？

もう時代も違うのに。

前世で私と結婚した時は、同じ魔術師同士だからある意味お似合いだったかもしれない。

でも彼は、今世は王太子なのだ。

もう昔のように少々がさつな言動もなく、寝食を忘れてひたすら魔法にのめり込むようなこともない。

今は洗練された、優雅な所作と会話ができる貴族のお手本のような人じゃないか。

彼はきっと将来、立派な王になるだろう。

そんな人にあまり昔と変わらない、ただぐうたらしたいだけの妻なんて全くお似合いではない。

「そういえば殿下はエスニアさまにお守りを作ってもらってたわよね？」

フローレンスさまが突然思い出したように言った。

「結局何のお守りを作ったの？　やっぱり恋愛お守り？」

「そんな自分の首を絞《し》めるようなことをエスニアさまはしないんじゃなくて？　でも、だとしたら何かしら。無難に健康お守りとか？」

なんだかみんながわくわくと目を輝かせて私を見るのだが。

「単なる迷子札です。子どもがどこかに行っちゃった時にどこにいるのかがわかるお守り。誰に使うのかは知らないけれど、徘徊《はいかい》しちゃうご老人とかにも使えるから便利ではあるのよね」

全然恋愛とは関係のないお守りなので、私は普通に説明した。

がっかりされようが私に責任はない。なにしろそれが殿下のご希望だったのだから。

「でもそんなの、殿下は何に……あら考えてみたら、政治的にも便利だったわ。政敵がどこにいるかなんてこともわかるってことでしょう？」

「あらやだ物騒～。でもあの殿下からにこやかに渡されたら、そんな怖いお守りだなんて思えなくて私だったら持ち歩いちゃいそうではあるわね」

「とにかく誰かを監視《かんし》できるということ……またはその対象から逃げたりもできるということね」

「逃げたい時にも使えるとか、なかなか便利じゃない。私も一つ欲しいくらいだわ」

「アルベインさまも、いっそそのお守りは自分が欲しいって言っていたわ。殿下が仕事をさぼって消えた時に使えるとかなんとか」

「じゃあ殿下は反対にお仕事をサボりたい時にアルベインさまを撒《ま》くために使ったりして」

「あらアルベインさま可哀相《かわいそう》～」

「それはいい考えね……アルベインさまにも作ろうかしら？」

あの殿下は材料をたっぷりとくれたので、もう一つくらい作れるはずだ。

たまにはあの銀縁眼鏡に感謝されてみるのもいいかもしれない。

それでぜひあの殿下を執務室《しつむ》に釘付《くぎづ》けにしていただきたい。


「私、最初に言われた『神託の乙女』たちとサイラス殿下を絶対に二人きりにしないというのは、アルベインさまの方針だったと思うのよ」

アマリアさまがいかにも面白いというような顔でそう言ったのは、アマリアさまと二人でお茶をしていた、とある日の午後だった。

今までは五人一緒に仲良く行動していたのだけれど、最近は私とアマリアさまが一緒にいて、他の三人はいないことが増えていた。

なぜかというと。

実質「王太子妃候補」として残っている組と辞退組に分かれたからである。

サイラス殿下が『神託の乙女』の三人に他の人との恋愛を認めてしまったのだから、それは当然の結果なのかもしれない。が。

その結果、今サイラス殿下と親睦《しんぼく》を深めるために日々食事したりお茶したり散歩したりと、あれこれしているのは私とアマリアさまの二人だけとなったのだ。

だけれど私はあの厨房での夜から、なんだか殿下が私を見るたびにそわそわするので大変居心地《いごこち》が悪い。

あの夜のことがずっと脳裏《のうり》から離れない。

すっかり見慣れていたつもりのサイラス殿下の顔が、どこか別人のようにも見えてしまうことに困惑しかない。

そのせいで最近は毎日の「王太子殿下との交流」で平静を保っていることが、もはや苦行か何かのようになっている。

それでも今日もなんとか平気な顔を装《よそお》って殿下との交流（義務）を終えた私がアマリアさまと二人でテラスでお茶をしていた時に、ふとアマリアさまが言ったのが先ほどの言葉だった。

「アルベインさまが？　どうしてそう思ったの？」

疲《つか》れ果《は》ててテーブルに突《つ》っ伏《ぷ》していた私は、驚いて顔を上げた。

「だって、アルベインさまがエリザベスさまと相思相愛になった途端に私たちの監視をしなくなったでしょう？」

「たしかに！」

思い返してみれば、最初の頃はあれだけ厳しく抜《ぬ》け駆《が》け禁止だの別行動はお控《ひか》えくださいだのとうるさかったのに、最近は一人で王宮の中をふらふらしていても何も言われなくなっている。

「あれはアルベインさまが、エリザベスさまとサイラス殿下が仲良くなるのを阻止《そし》しようとしていたのだと思うの」

「そうなの⁉」

「だってエリザベスさまとサイラス殿下を二人きりにして、万が一サイラス殿下がエリザベスさまに関心を持ったら困るじゃない。前のエリザベスさまだったら、有頂天《うちょうてん》になってますます殿下しか見えなくなっていたと思うわよ？」

うふふふ、となんだか楽しそうなアマリアさまである。

「なるほど……じゃあエリザベスさまをサイラス殿下に取られないための、あの徹底《てってい》した一対五だったというわけ……」

あの銀縁眼鏡……真面目に仕事をしているように見せかけて、実は私情丸出しだったということか。

「たぶんね。だからエリザベスさまを見事射止めた今は、私やあなたがサイラス殿下と二人きりになろうが殿下が誰を個人的に誘《さそ》おうが何も言われないでしょう？」

「言われないわね。なあんにも」

思い返せば今までは、アルベインさまかその部下たちがいつも私たちの周りに張り付いて見張っていた。だけど、今やどこにもそんな人は見当たらない。

隙だらけなのである。抜け駆けし放題だ。

「そろそろ王太子妃選びも終盤《しゅうばん》ということでしょうねえ」

そう言ってアマリアさまはまた楽しそうに笑った。

もうほんと、実に楽しそうな笑顔だ。

私は反対に、うんざりという顔になっているに違いない。

「終盤……ねえ。アマリアさまは、王太子妃になってもいいと思っている？」

「そうねえ。心から求められて、お願いされたならなってもいいとは思っているわ。私を本当に望んでくれるのならね」

そう言って肩《かた》をすくめて笑うアマリアさまは、その動作さえもが優雅で美しい人で、私が何度もつい見とれてしまうくらい女性として完璧に見える。

誰よりもあの完璧王太子の横に立つに相応《ふさわ》しい女性だ。

「じゃあ殿下がアマリアさまを選んだら、私たちはこの王宮を去るのね」

それになにより今、王太子妃になる気があるのはアマリアさまだけなのだし。

もう、結果は決まったようなものではないか。殿下に残された選択肢《せんたくし》は一つだけなのだから。

というのに。

「それはどうかしらね？」

そう言ってなぜアマリアさまは笑うのか。

「どういう意味⁉」

「うふふ、殿下に直接聞いてみればいいんじゃないかしら？」

アマリアさまは、そう言ってまたころころと楽しそうに笑った。

だけれどもう、この状況《じょうきょう》で私が受けなければアマリアさまに決定なのだ。

アマリアさまが王太子妃になったら、きっと国民も大喜びするに違いない。

美しく賢い王太子妃誕生、万歳《ばんざい》。

殿下が過去にこだわるのさえやめれば、彼にも新しい人生の幕が開くだろう。

素晴らしい伴侶を得て、彼もきっと幸せな王太子人生、ひいては一国の王としての人生を送るのだ。

それでいいじゃない。

新しい人生。新しい伴侶。

過去にこだわって過去に義理立てする理由なんて何もない。

もう私たちは魔法を使わなくても生きていける時代にいるのだから。

そう思った瞬間、この前彼が私を「ニア」と呼んだ時の顔が浮かんで、私はちょっとだけ眉間《みけん》にしわを寄せた。

「私は、私よりずっとアマリアさまの方が王太子妃に相応しいと思っているの。それに私にはその気がない。ということはもうサイラス殿下もその状況を鑑《かんが》みてアマリアさまを選ぶべきだと思うのよね。それが明らかなのに、どうして今もずるずるとこんな茶番みたいな交流をしているのかしら」

「そうねえ。きっとそれは殿下のお心がエスニアさまの考えとは違うからじゃないかしら」

「……殿下のお心といえば、そもそも『神託の乙女』は昔から王太子とあっという間に恋に落ちるはずでしょう？　なのにまだ誰も王太子と恋に落ちていないのはなぜなのかしら。『神託の水盤《すいばん》』は正しく機能したはずなのに。それともとうとう壊《こわ》れたのかしら？」

だいたい、早々に『神託の乙女』のうち三人が脱落《だつらく》するなんて。

そんな事態は聞いたことがない。

「壊れてはいないんじゃない？　今回もちゃんと五人選び出しているのだし。それに『神託の水盤』は代々王太子の運命の相手を選ぶのよ。五人のうちの一人だけが王太子と恋に落ちるの。だから殿下が恋をする相手は、一人。殿下を好きになるのも、たいていは一人」

「じゃあアマリアさまがきっとサイラス殿下に恋をして……いない？　じゃあこれ、どうなるの……？」

私が言い始めた途端に、アマリアさまが私の目を見ながら顔を左右にゆっくりと振ったので私は困惑してしまった。

アマリアさまは、サイラス殿下に恋をしていませんかそうですか。

じゃあどうなるんです？　この王太子妃選。

とっても嫌な流れを感じて私は大いに顔をしかめた。

なんだろうこの、追い込まれている感じ。

「どうなるのかは……うふふ、今度殿下に聞いてみれば？」

「とんでもない！」

なにしろあの男は、私に今世も薬草茶や薬草スープを作らせたいようなのだから。

いやそれは別段嫌というわけではないのだが、絶対にそれだけじゃなくなる未来、つまり漏れなく多忙《たぼう》な公務と激重の責任がついてくる人生が受け入れがたい。

前世だって別に私たち、相思相愛の熱々夫婦というわけではなかったわよね？

最近の私は表向きはまだ伯爵令嬢《はくしゃくれいじょう》のままとはいえ、なんだか中身がどんどん魔術師になってきている気がしているというのに。

ちょっとしたお守りなら今でも何でも作れるし、そのお守りで誰かが喜んでくれるのが嬉しくて。

これからもずっとお守りを作っていろいろな人に喜ばれるというのも良い人生な気がしてきている。

この前みたいに薬草などの材料を大鍋に入れて大きな木の匙でかき回している時なんて、ふつふつと心の底から楽しさが湧《わ》き出《だ》してきて幸せだった。

もはや貴族令嬢の矜持《きょうじ》は今いずこ。

殿下のように生まれた時から王族という役割を背負って生きてきた人間でもない、すっかり魔術師としての意識に支配されつつあるなんの覚悟もないこの状態で、王太子妃なんて荷が重すぎる。

どうせ頑張って隠《かく》そうとしても、きっといつかはボロが出るだろう。

常にそんな不安を抱えながら、この国の伝承のような素晴らしい王妃を演じて生きる人生なんて送りたくない……。

「おや私の話ですか？　どんな話でしょう？　良い話だといいのですが」

「!!　なんで来たの……!?」

「まあ殿下、ごきげんよう。ちょうど今エスニアさまと、殿下が誰を選ぶべきなのかという話をしておりましたのよ」

私たちは同時に、突然現れたサイラス殿下を見て驚いた。

礼儀《れいぎ》として立ち上がり、殿下を迎《むか》える私たち。

しかしアマリアさまと違って、私の顔に笑顔はない。

会うのを一日一回に限定されていた頃は、殿下がこんな行動に出てもアルベインさまがしっかりと苦言とともにサイラス殿下を追い返したはずだ。

だが今は、もうそんなことをしてくれる人はどこにもいない。

アマリアさまの言う通り、私たちとこのサイラス王太子殿下に監視はなく完全に野放しなのだから。

アルベインさまの見事な手の平返しには心底びっくりである。

おかげでサイラス殿下はにこにこしながら、

「それは大変だ。お二人が私の将来を決めてしまう前にお会いできてよかったです。ぜひ私もその話し合いに入れてください」

なんて言いながら私たちのテーブルにちゃっかりと座ってしまった。

そこに椅子があるからって勝手に勧《すす》められもしないのに座るとは、さすが王族である。

もちろん誰もそれを咎《とが》められないし、ましてや追い出すことなんてできないのをわかってやっている。

自分が招かれざる客かなんて考えもしない、ただ好きなように振舞《ふるま》う。それが王族なのだと私は改めて思い知った。

「私たち二人のお茶会に殿下の方から個人的にいらっしゃるのは初めてですわね」

アマリアさまが座りながら、近くにいた使用人に殿下のお茶を淹《い》れるように目で指示をしていた。

なにしろ私に殿下を迎え入れるつもりがないのがあからさまだったので、このままでは殿下はお茶もなしにお茶会の席に座らされ続けることになるだろうとアマリアさまが気を利かせたのだ。

相変わらず気配りができて優秀な人である。

それに比べてこの男は……なぜやってきた？

もう今日の義務（交流）は終わったはずなのに。

しかしそんな私の様子なんてお構いなしに、殿下は晴れやかな笑顔で言った。

「そうなんですよ。今までは来たくても、アルベインがうるさくて来《こ》られなかったのです。でも今彼は恋人《こいびと》に夢中ですからね。彼も私の気持ちを汲《く》んでくれるようになったようですよ」

「まあ、それはよろしかったですね」

「はい。ですのでつい、こうして押し掛けてきてしまいました」

自分で押し掛けるとか言っているということは、図々《ずうずう》しい自覚はあるらしい。

でも実に声が楽しそうだ。いったい何が嬉しいのやら。

「でも殿下、今日はもうお仕事はないのですか？　アルベインさまに聞いたらもしかしたらあるかもしれませんよ。今から聞きに行ってみたらいかがです？」

私はそっぽを向いたまま言った。

早く帰れ。そう言ったつもりだった。

なのに。

「エスニア嬢は仕事をしている私の方が好きですか？」

「は？　そういうことを言っているのでは……ありません」

ぎょっとしてつい殿下の顔を見て、また視線を外す。

うーん、やっぱり……落ち着かない。

「お仕事をしている殿方《とのがた》は素敵に見えますものねえうふふ」

なぜか一人で楽しそうなアマリアさま。

そしてそんな私たちを眺めながらご機嫌《きげん》らしいサイラス王太子。

「でも仕事をしていると、こうしてお話しすることができませんからね。仕事ばかりでは心がすさみます。一緒に美味しいお茶を飲みたくもなるというものです」

「まあ、それはその通りですわね」

私の動揺や困惑なんてまるで気にもとめず、二人は優雅に会話していた。

私は一人、なんだか居心地が悪くて落ち着かない。

しばらく二人の和《なご》やかな会話を眺めていて、ふと思った。

考えてみたら私、ここにいなくてもいいのでは？

だって今は『神託の乙女』として交流義務のあるお茶会ではない。

ならこのまま二人で親睦を深めてもらえばいいんじゃない？

「えーとそういえば私、少し肌寒《はだざむ》いのでちょっと上着を取ってきますね。あ、お二人はどうぞごゆっくり～」

そう言って私は勢いよく立ち上がった。

そうよ。別に説得なんてしなくても、この様子なら二人きりにすればきっと仲良くなるだろう。そうしたら恋だって生まれるかもしれないじゃないか……！

私は突然のこの自分のひらめきに、たいそう満足だった。

よしこれからは二対一で親睦を深めるような場面になったら、率先《そっせん》して私が抜けよう。なんならもう仮病《けびょう》でも使って、寝込《ねこ》んだことにしてもいいかもしれない！

「まあ大丈夫かしら。風邪《かぜ》などではないといいけれど」

「大丈夫ですわ。でもどうしてかしら。なんだかちょっと寒いみたいで……」

「それは大変だ。心配なので私がお部屋までお送りしましょう」

そ　れ　は　ち　が　う　の　よ。

そうじゃない。そうじゃないの！

ぎょっとしてうっかり殿下の方を見たら、そこにいたのは全く心配そうではない、うっすら嬉しそうな微笑みまで浮かべた殿下だった。

何を喜んでいるのか。

——あなたは来なくていいのよ。

そんなつもりで睨んでみたのに。

「まあそう言わずに」

と、さっさと立ち上がったサイラス殿下に腰を抱《だ》かれ、強制的にエスコートされてしまったのはなぜだ。

「あの……本当に一人で大丈夫ですから」

そう言って逃げようとさりげなくもがく。

しかし、なぜかその腕はびくともしなかった。

「そうですか？　しかし途中《とちゅう》で具合が悪くなってもよくない。私が心配なので、お部屋まで送らせてください」

そう言って勝手に歩き出す殿下。

「お大事に〜」

ひらひらと手を振るアマリアさま。

ここには味方が誰もいない……！

「本当に大丈夫なので、戻ってください殿下」

私は小声で必死に言った。きっと緊張して顔が赤くなっている。

今まで人前でこんなに近く接したことはなかったじゃないか。しかし。

「まあまあ。せっかくなのでお部屋までお送りしますよ。そういえばお部屋の居心地はいかがですか？　不都合はありませんか？」

どうも戻る気はないらしい。

「おかげさまで不自由なく過ごしております。お気遣《きづか》いありがとうございます」

どうしてこんなことになっているのか。

私の腰を抱く殿下の手が気になってしょうがない。

私はできるだけ殿下の体と自分の体を離すようにしながら歩こうとしているのに、そうするたびに殿下の手にぐいと引き戻されてさらに密着してしまう始末。

そのまま必死に周りからは見えないであろう攻防《こうぼう》をしているうちに、私の部屋に着いてしまった。

なぜ……こんなことならあのまま空気になって座っていればよかった……！

しかしその日を境に妙に顔を出すようになってしまったサイラス殿下に、私はすっかり閉口していた。

王太子としての仕事もあるだろうに、どうして暇《ひま》さえあればこっちに来るのか。

アマリアさまがいつも快く招き入れてしまうせいで、なんだかしょっちゅう顔を合わせているような気がするぞ。

そして気がつけば、にこやかなアマリアさまとぶすくれた私が王太子とお茶をしたり散歩をしたり時には一緒に踊《おど》ったり……。

いやもう、二人でやってくださいよ。

そう思ってはいるものの、やはりそこは『神託の乙女』として拒否《きょひ》するわけにもいかない。

というより拒否するとあのアルベインがうるさい。

「『神託の乙女』としてちゃんとお役目は果たしていただかないと困ります」

って、それ、どの口が言っているのかな⁉

「まあそれではぜひエリザベスさまも『神託の乙女』としてご参加いただかないと～」

「エリザベス嬢はもう辞退されていますので」

「いつでも復帰してくださっていいのですよ？　私お待ちしておりますわ～」

しかしそんな私のちょっとした嫌味など、このアルベインには効かなくて。

「私もサイラス殿下には、ぜひ心から殿下を愛してくださる方と結婚して欲しいと願っているのですよ。エスニアさまにはもうお心に決めた方がいらっしゃるのですか？　いない？　ならサイラス殿下なんていかがですか？　身分も顔も最高、性格もなかなか良い好物件ですよ」

「王太子を好物件とか……いえ私はもっと手頃《てごろ》な物件で十分です……」

この銀縁眼鏡、どうも前と比べて堅《かた》さの中にもうきうきな気分が透《す》けて見えるような気がして、前よりさらに私の神経を逆なでしてくる。

なあにが好物件だ。そんなにいいなら自分が結婚しやがれってのよ。側近なんだから、王太子妃だってさぞや完璧に勤め上げられるだろうよ。

私はすっかりやさぐれていた。

第四章　招かれざる客

「今日のエスニア嬢《じょう》はあまり元気がないようですが、何か悩《なや》み事《ごと》でもおありなのですか？」

今日も上品に、優雅《ゆうが》にそんなことを聞いてくる私の悩みのタネである。

お前だ、お前！

悩みの原因はお前だ！

その完璧《かんぺき》外面がもはや地顔なのかもと思えるくらいには完璧に上品なお前だ……。

「まあ……そんなことはありませんわ」

令嬢《れいじょう》口調でそう答えつつ、私は今日もそっぽを向く。

王太子と『神託《しんたく》の乙女《おとめ》』が出会って早一ヶ月が過ぎ、貴族たちが早く王太子妃《ひ》を決めろと言い出しているという噂《うわさ》が聞こえてきた。

本来ならもうとっくに王太子妃が決まって、そろそろ王宮が王太子妃披露《ひろう》のためのパーティーを開こうという頃合《ころあ》いなのだ。

けれども、この王太子はいまだアマリアさまを選ぶ気はないらしい。

私の顔に突《つ》き刺《さ》さる殿下《でんか》の視線をひしひしと感じつつ、私も頑《かたく》なに目をそらしていた。いいかげん見飽《みあ》きているであろうかつての古女房《にょうぼう》の顔なんて見てないで、そこのもっと綺麗《きれい》な顔を見なさいよ。

たしかに前世の妻の前で別の女性を選ぶのは気が引けるかもしれない。

でも私はアマリアさまが適任だと思っているから、気にしないのに。

こんなにアマリアさま推《お》しを態度に示しているあたりで、十分察せられるでしょうに。

それにそろそろ決めてくれないと、私もいいかげん情がうつって理性的ではない決断をしそうな気がしてきていて、よろしくない。

ああ気をつけてエスニア。

ちょっとこの人と一緒《いっしょ》ならそれでも楽しいかもなんて、それは一時の気の迷い、ただのまやかしだから……！

その先には長い長い、死ぬまで下りられないお仕事人生が待っているのを思い出せ……！

「すっかり嫌《きら》われてしまいましたね」

なんだかしゅんとした声がする。

「……嫌ってなんておりませんわ」

そんな自分の声が、なんだか白々しく聞こえた。

するとと突然《とつぜん》、アマリアさまが言った。

「あらいけない。私、お友達にお手紙を書かなくてはいけなかったのをうっかり忘れていましたわ。申し訳ありません殿下。今日はもう中座させていただきますね」

「あら、では今日はこれで解散にしましょうか」

私もそそくさと席を立つ。

気まずいまま殿下と二人きりになるのは困る。とっても困る。しかし。

「ああ、ではエスニア嬢、この後少しお時間はおありですか？　お見せしたいものがあるのですが」

「えええ…………はい……」

思わず喉元《のどもと》まで「時間はありません」と出てきそうになったけれど、なんだかサイラス殿下の目がいつにも増して真剣《しんけん》だったので嘘《うそ》がつけなかった。

いつもはずっと上品な微笑《ほほえ》みを浮《う》かべている人が、珍《めずら》しく真顔だったのがちょっと怖《こわ》い。

「それではアマリア嬢、また明日。ではエスニア嬢、行きましょうか」

そう言って優雅に私に腕《うで》を差し出すサイラス王太子。

どこからどう見ても美しいマナーが身についた貴公子である。完璧で隙《すき》がない。

仕方なくその腕にぎくしゃくと手を添《そ》える私。

もちろん前世ではこんな気取った腕の組み方なんてしたことはない。

こういう時に、この人は前世とは変わったのだと思ってしまう私がいる。

しばらく会わないうちに、ほんと随分《ずいぶん》上品になってしまって。

「殿下、どちらに行かれるのですか？」

まあ、私も前世ではこんなに気取ったしゃべり方なんてしなかったんだけどね。

「あなたに見せたいものがあるのですよ。きっとあなたも楽しめると自負しています」

「まあ、それは楽しみですわ」

「期待してください」

そんな白々しい会話と外面の微笑みをお互《たが》いに交《か》わしながら、私たちは王宮の中を進んだ。

これだけ近いと、サイラス殿下の使っている品の良《い》い香水《こうすい》の香りに混じって彼自身の香りも感じられる。

懐《なつ》かしい香り。

だけれどそれは同時に、あの城の厨房《ちゅうぼう》で私を切なそうに見つめていた顔をも思い出させてしまうのだった。

あの時の彼の顔を思い出すたびに、なんだかドキドキしてしまう。

あの時からだ。

この人の顔がよく知っている男の顔ではなく、知らない男の顔に見え始めたのは。

自分が今まさにその男の腕に手を置いていることを突然意識してしまった私は、また胸がドキドキし始めて、この胸の音が隣《となり》に立つ男に聞こえてしまわないだろうかと不安になった。

それでも私たちは表面上はお互いそしらぬ顔をしたまま、王宮の中をどんどん進んでいく。

「あの……これ以上先には行ったことがないのですが。私が入っても大丈夫《だいじょうぶ》でしょうか？」

そろそろ王族一家のプライベートなお部屋がある領域に入ろうとしていることに気付いて私は慌《あわ》てた。

『神託の乙女』はあくまで王宮の客人であって、王族ではない。

だからこんな最奥《さいおう》まで入ることはできないはず。

しかしサイラス殿下は朗《ほが》らかに言った。

「お見せしたいものがこの先にあるもので。大丈夫、私と一緒ですから誰《だれ》にも咎《とが》められることはありません」

「それはそうかもしれませんが……」

躊躇《ちゅうちょ》する私を半ば引《ひ》き摺《ず》るようにして、さらに奥へ進む殿下。

焦《あせ》りつつも、だからといってこんな所で王太子を振《ふ》り切《き》って逃《に》げるわけにもいかない私。

こんな王宮の最奥で、しかも使用人の目のあるところでそんな騒《さわ》ぎはさすがに……。

なんて悩んでいるうちに、私はとある扉《とびら》の前に立っていた。

──着いたの？　ここなの？

びくびくと目で聞く私。緊張《きんちょう》のあまり声が出せなくなっていた。

なにしろすぐそこの扉から、いつ王さまや王妃《おうひ》さまが出てくるかもわからない場所なのだ。

ただの公的な客人である私が、王さまのご家庭に勝手に入り込んでいる状態。

下手をしたら不敬罪か何かの罪に問われてもおかしくない。

王さまのご不興を買ってしまったら、私は破滅《はめつ》するかもしれない……。

そんな不安でサイラス殿下の腕に、今はほとんどしがみついてしまっている私だ。

この腕を離《はな》してなるものか。

ここでこの人に置いていかれて迷子になったが最後、最悪の場合死刑《しけい》だってありうる。

完全に震《ふる》え上《あ》がっている私を見て、クスッと笑ってからサイラス殿下はちょっと誇《ほこ》らしげな様子で言った。

「僕《ぼく》の研究室へようこそ、ニア」

そして扉を開けて私を中へと促《うなが》した。

私に続いて部屋に入ったサイラス殿下が、静かに扉を閉める。

でも部屋に入った私は、閉じ込められたことにも気付かないほど動揺《どうよう》していた。

「ここは……？」

私は、自分の見ているものが信じられなかった。

そこには、魔法書《まほうしょ》や魔法に使う道具が所狭《ところせま》しと置いてあったのだから。

明らかにそこは魔術師《まじゅつし》の部屋だった。魔術師が魔法のためだけに作った部屋。

驚《おどろ》いた私は思わずサイラス殿下の方を振り返って、さらにまた驚いてしまった。

そこにいたのは、前世の夫だったから……！

服装はさっきと何一つ変わらないのに、その表情からはいつもの気取った微笑みが完全に消え、自然な、昔よく見ていた無邪気《むじゃき》で楽しそうな笑顔《えがお》があった。

「驚いた？」

フランクなその口調も昔のままだ。

今私の目の前にいるのはこの国の王太子の格好をした、かつて一緒に暮らしていた夫その人だった。

「……それはもう。何から説明してもらうべきかわからないくらい驚いてるわ」

「ここをニアに見せたら、きっと驚くだろうと思っていたから嬉《うれ》しいな」

そう言う彼の顔は昔と同じ、ただひたすら魔法にのめり込んでいた魔術師の顔。

あまりの変わりように私は驚きつつもつい聞いてしまった。

「あなた、さっきまでの外面はどこへやったの？」

「ん？　でもここにはもう使用人も誰もいないから、王太子らしくする必要はないだろう？　なら外面なんて必要ない。面倒《めんどう》なだけだあんなもの。ところでこっちに来てみて。ここにあるのは僕が収集した魔法書の中でも特に稀少《きしょう》な――」

私の嫌味《いやみ》なんて全く気にもせず、そこからは滔々《とうとう》と今は失われた魔法の記録や魔法書、そしてもう伝わっていない魔法がどれだけあるかという話を延々と、目を輝《かがや》かせながら話すかつての夫がそこにいた。

さっきまでの気取った、でも上品で優雅な殿下の気配はカケラもなかった。

その変わりように、もちろん私はジト目である。

変わらないな、この人。

さっきまでのドキドキを返せ。

それでも私はこの国の魔法についての現状を、初めて詳《くわ》しく知って驚いた。

知識も技術もすっかり失われている。

悲しいほどに。

「それじゃあ私でも今なら大魔術師になれてしまうじゃない……」

私は前世では死ぬ直前でもまだまだやっと一人前になったくらいだったのに、そんな私でも知っていた多くのものが失われていた。

「そしてこれが今僕が執筆《しっぴつ》している魔法書だ」

「執筆?」

「そう。僕には前世の知識があるからね。その知識を全て書き記しておこうと思って少しずつ時間を見つけて書いているんだ」

「それはいいわね。書き記しておけば、きっと長い間残るでしょうから。それに王宮が保管すればなくなることもないでしょう。あなたが知っているものを後世に残すことはとても価値のあることだわ」

「君ならそう言ってくれると思っていたよ。ただその量が膨大《ぼうだい》だからね。全てを書き記すには長い時間がかかるだろう。なにしろ僕の記憶《きおく》は大魔術師サイラスのものだから」

それを聞いて、かつて彼が私の死後も魔法を究《きわ》めて大魔術師になったのだと語ったことを思い出した。

「そういえばあなたはあの後大魔術師になったのよね。本当に素晴《すば》らしいわ。そんな大魔術師の知識が詰《つ》まった記録だなんて、なによりも貴重なものになる。いつか私にも見せて欲《ほ》しいくらいよ」

思わず魔術師としての意識が、彼の持っている分厚い紙の束に集中する。

あれはなによりも素晴らしい宝の山だ。今ではすっかり失われた、過去の宝が詰まっている。

「もちろん君ならいつでも見ていいよ」

そんな言葉がどれほど嬉しいか。

きっと魔術師ではない人にはわからないだろう。

まさかこの今世で、より多くの魔法の知識が得られる道があったとは……！

「まあ嬉しい！　いつか絶対に、本当に見せてね？」

「いつでもどうぞ。君ならいつでもここに来て、好きなだけ見ていいよ」

満面の笑《え》みを浮かべて嬉しそうにそう言ってはくれたのだが。

私は、はっと我に返った。

「その言葉はとても嬉しいけど、もう本当に毎日でも来たいところだけど、でもここまで来るのはちょっと難しいわね。ここ、王太子殿下の私室でしょう？　さすがに『神託の乙女』が来ていい場所ではないわ」

大きく膨《ふく》れ上《あ》がった幸福感が、一気にしぼんでいく。

すると現実を前にしょんぼりした私に、彼は言った。

「なら、王太子妃になればいい。そうすれば来放題だよ。そうは思わない？」

「……！」

心からの驚愕《きょうがく》と、それに続く戸惑《とまど》い、そして困惑《こんわく》と葛藤《かっとう》という私の心の移り変わりを、目の前の男はただ静かに見つめていた。

私は初めて葛藤していた。

最近の私はこの男のあまりに完璧な外面を見続けて、いつしか彼は多少なりとも変わってしまったのだと思っていた。

昔は大切にしていた魔法の本を捨て、政治の本に持《も》ち替《か》えたのだと。

でもきっとここにいる、昔となんら変わらないこっちが本来の彼なのだろう。

そしてその彼はかつての大魔術師で、今も魔法を大切に思っている。

今いるこの部屋は、私にとって理想郷のような場所だった。

ありとあらゆる失われてしまった遺物が集められている。

そしてかつての大魔術師の知識も今、まさに記録されつつある。

王太子妃になるとさえ言えば、この世界を私も共有できると目の前の男は誘《さそ》っているのだ。

初めて明らかに迷っている私を見て、目の前の男は言い出した。

「本当は君が結婚《けっこん》を承諾《しょうだく》してくれたら、この部屋を見せるつもりだったんだ。純粋《じゅんすい》に僕という人間を選んでもらいたかったから、君を魔法書で釣《つ》るようなことはしたくなかった。だけれど、そろそろ時間がなくなってきてしまった。だから僕は……この部屋で君にもう一度お願いすることにした。ニア、もう一度僕と結婚して欲しい」

「……」

私は答えられなかった。

この人が、今でも変わらずこんなに魔法を愛している人だったなんて。

私は前世でもそんな彼のことをとても尊敬していたし、好ましく思っていた。

そんな彼とだったからこそ、前世でも楽しくそれなりに幸せに過ごせたのだと今ならわかる。

そして今も少しずつ、もしかしたらこの人とならの私は幸せに生きられるのかもしれないと、認めたくはなかったけれどもそんな気持ちになりつつあった。

私を熱く見つめていたあの夜の彼の視線が、顔が、いつまでも忘れられなくて。

最近はあの視線をずっとこの先も私に向けて欲しいとさえ……。

ああ……だけれどそれだけで、じゃあ今まで忌《い》み嫌《きら》っていた責任やら忙《いそが》しい人生やらをすぐに受け入れられるかというと、それもまだできなくて。

ただ……即座《そくざ》に断ることができなかったということは、受け入れる余地が生まれたとも言える。

どうする？　本当にいいの？

あんなに嫌《いや》がっていたのに？

逡巡《しゅんじゅん》して黙《だま》り込《こ》む私を見て、サイラス殿下は口を開いた。

「君を見つけ出すためだけに、かつての僕は『神託の水盤《すいばん》』を作った」

「そう。僕が作った。『神託の水盤を作った孤高《ここう》の大魔術師サイラス』の話はもう今の時代にはあまり知られていないけれど、ちゃんと神殿《しんでん》の記録には記載《きさい》されている」

「私を……？　え？　作った……？　え……？」

「『孤高の大魔術師』⁉　あなたが⁉」

今でも伝えられている特に有名な前時代の大魔術師が、何人かいる。

そんな大魔術師たちはそれぞれに個性的で波瀾万丈《はらんばんじょう》の人生を歩んだので、その人生から通り名がついていて通常はその通り名で呼ばれることが多い。

たしかにその中に「孤高の大魔術師」と呼ばれた人がいた……！

たしか「孤高の大魔術師」は、その生涯《しょうがい》を世捨て人のように自分の研究室に籠《こ》もって過ごし、高度な魔法を複雑に編み上げた新しい魔法や魔道具《まどうぐ》をいくつも作り上げた偉人《いじん》である。

その「孤高の大魔術師」が、この人だったということ⁉

私は口をぱくぱくさせながら、ただ目の前の男を見つめるしかできなかった。

「そう、前世の僕だ。あの後僕は長生きしたからね。その一生を魔法に捧《ささ》げたんだ。再婚《さいこん》しないでずっと一人でいたら、いつの間にか勝手に孤高の魔術師なんて呼ばれるようになっていた。でも僕は君との約束を実現するために、そのための新しい魔法をたくさん開発したんだよ」

約束……？

「いや、でもそれ……」

「輪廻《りんね》転生のことわりは永遠に変わらない。でも、生まれ変わってもまた再会できるかはわからないだろう？　だから、再会した時にすぐにわかるように記憶を保全したまま同じ時代に生まれるように調整もしたし、もしも距離《きょり》が離れていても再会できるように『神託の水盤』も作った」

「え？　そのために……？」

「そう。あの『神託の水盤』はいつか僕たちが生まれ変わった時にまた再会できるように、そのためだけに作ったものだった。僕の全てを注《つ》ぎ込《こ》み、やっと完成した時は嬉しかったな。寿命《じゅみょう》が尽《つ》きる前に完成したことを神に感謝したくらいだ」

そう嬉しそうに語る顔はとても晴れやかで。でも。

「ええ……」

私には戸惑いしかなかった。

何をやってたの、この人は。

せっかくの長い人生、いったい何をやっていたの。

「だって約束したから。君の最期《さいご》の時に僕が来世も一緒になろうって言ったら、君は笑ってくれただろう？　もう笑う気力もないほど弱っていたはずなのに、嬉しそうに笑ってくれたんだ。だから僕は、君としたその約束を絶対に守ると決めて頑張《がんば》ったんだよ」

思った通りの反応ではなかったらしい私を見て、戸惑うようにそう言う殿下。

いや笑ったの？　私、あの時笑ったの……？

……覚えてないな。

でも笑ったのなら、その時私は嬉しかったのかもしれない……？

「それなら普通《ふつう》にまた魔術師として再会すればよかったじゃない。まさか王太子になっているなんて。別に再会するだけなら王族になんてならなくてもいいでしょう」

そう。何も王族、ましてや王太子などにならなくても、また庶民《しょみん》に生まれればよかったのだ。

そうしたら私もここまで悩まなくて済んだのに。

「でも『神託の水盤』は完成直後に、水盤の出来が良すぎて王家に取られてしまったんだ。だから君と再会するためには、王族に生まれる必要があった。でも君も来世は王子さまと結婚して楽をしたいと言っていたから、てっきり喜んでくれるかと」

と、なんだか悲しそうな顔をするのだが。

私は額に手を当てて言った。

「ああ……あの頃の私は王子さまと結婚したら、ただ遊び暮らせると思っていたのよ……。

でもあくまでそれは比喩《ひゆ》であって、本当に王子と結婚したいというわけではなかったの。

だから私、今世は現実的に普通の裕福《ゆうふく》な貴族と結婚しようと……」

「でも、あの時約束をしたよね？」

サイラス殿下は真っ直《まっす》ぐに私を見ていたが、私は後ろめたさから目をそらしてしまった。

あの後、私が死んだ後、まさか彼がそんな人生を歩んだなんて知らなかった。

彼がそんなに頑張って私と再会しようとしていたなんて、そのために人生を捧げたなんて。

だいたい。

「あなた、どうしてそんなに私と再会したかったの……。私たち、単なる見合い結婚だったわよね？　別に熱烈《ねつれつ》に愛し合って結婚したわけじゃないし、あなただって、もしも師《し》匠《しょう》に別の人を紹介《しょうかい》されていたら、その人と結婚していたでしょう？」

私がそう言うと、彼が皮肉な笑みを浮かべたのが意外だった。

「君が僕を愛していないということは知っていたよ。君は本当に師匠に薦《すす》められたから僕と結婚したというだけだったよね。でも僕は君のことをずっと前から好きだったから、いいかげん結婚しろと師匠に言われた時、君となら結婚すると答えたんだ」

「えっ……？　それで師匠は私にあなたを薦めたの……？」

「そう。だから僕は前世、君と結婚できて本当に幸せだった。君の夫として、一緒に暮らして君を独《ひと》り占《じ》めしていることにすっかり満足していたんだ。だからずっと一生その生活が続くと思っていたのに、君が早死にしてしまって僕はどれほど悲しかったか。当時は原因不明で手当てのしようがなかったけど、君の死後、僕はその原因も突き止めた。だから今世は、今度こそ君を死なせはしない」

「えっ私、また早死にするの？」

びっくりして、うっかり今までの話が全部吹っ飛《ふと》んだ。

当時、私は原因不明の熱を出し、どんどん弱っていって、最後はとうとう死んでしまった。

もともと熱はよく出していたがいつも他にはたいした症状《しょうじょう》もなく、ただある時から何を食べてもどんなに休んでもじりじりと弱っていってしまい、私も最後には覚悟《かくご》を決めたのを覚えている。

夫だった彼はとても心配してくれて、できる限りのことをしてくれたと思う。

それでも泣いたりはしないで淡々《たんたん》と良さそうなものを調べては試《ため》してくれていた。

私の記憶の中で彼が泣いたのは、あの最期の時だけだ。

正直なところ、十年も一緒にいたせいですっかり私に情が湧《わ》いてしまったから、あの別れの時に泣いてくれたのだろうとずっと今まで思っていた。

「おそらく今の君も昔のように魔力《まりょく》の量が多すぎるから、何もしなければ昔と同じようになると思う」

「え、魔力量のせいだったの？」

考えたこともない理由で私は心底驚いた。

「体に存在する魔力の圧力に、体が疲弊《ひへい》して負けてしまうんだ。若い内は体力があるから耐《た》えられるが、体力が低下し始めると魔力の圧に体が負けてしまう。君は特に持っている魔力が膨大だったせいで、それが早く起こってしまった」

「じゃあ今の私もそのうち、体力が衰《おとろ》え始めたら同じようになるってこと？」

衰え始めるのはいつだろう？

でもきっと、前世と同じ位の年齢《ねんれい》なのだろう。

考え込む私に、サイラス殿下は晴れやかな顔になって言った。

「大丈夫。今度は僕が君を死なせない。前世僕はその研究もしていた。君と同じような体質の人は他にも少数ながらいたからね。そして、僕は体から溜《た》まりすぎた魔力を抜《ぬ》く魔法も開発したんだ。僕ならいつでも対処できる」

「それは……そのためにあなたと結婚しなければいけないということ……？　でないと長生きできないっていうこと……？」

寿命と引《ひ》き換《か》えとか、そんなのなんだか理不尽《りふじん》じゃない？

するとサイラス殿下は真面目な顔になって言った。

「もちろん、もしも君が僕と一緒にならないと決めたとしても、そのせいで君を見捨てるなんてことはしない。僕を頼《たよ》ってくれればいつでも治してあげる。僕はもう、二度と君を見送りたくはないんだ。僕は君に、もう二度と置いていかれたくない」

「じゃあもしも……もしも私が他の人と結婚しても、治してくれるっていうこと？」

「治すよ。言っただろう、僕はもう、君が死ぬところを見たくないって。過剰な魔力を適切に抜いて体への負担を減らせば君は早死にすることはないし、子を産むことだってできるだろう」

「子どもを……？」

私は驚いた。前世の私の不妊《ふにん》の原因が魔力だったとは。

「魔力の圧のせいで体力が削《けず》られるから、妊娠《にんしん》する体力が残らないんだ。君の死後、君の死んだ理由を知りたくて研究した結果、突き止めた。君と同じ魔力過多症《しょう》で苦しむ人から魔力の圧を取り除いてあげたら、それだけでちゃんとみんな元気になったし、多くの人が子を持つこともできていたよ」

「そんな研究もしていたの……」

「もちろん。僕はまた君と、今度こそ添《そ》い遂《と》げたいと思っていたから」

「今度こそ……」

「そう。また一緒になろうって言っただろう？　あの時も今も僕は本気だ。僕は前と変わらず今も君を愛している」

そう言うとサイラス殿下は私を抱《だ》き寄《よ》せてから、私の顎《あご》を持ち上げて熱い視線で私を見つめた。

ゆっくりと近づいてくる彼の顔。

本当は口づけをしたかったのかもしれないけれど、きっと私が拒《こば》むと思ったのだろう。彼は私の目を見つめたまま、こつんと額を合わせた。

久しぶりに間近に見た彼の顔はやっぱり綺麗で、でもその目は真剣そのもので、そして何かを切望しているような、そんな切なさが宿っていた。

ふと突然ひらめきのように、私はこの目が好きだと思った。だけれど。

「……私は……何も知らなくて……」

今までずっと、あんな荒唐無稽《こうとうむけい》な口約束をまさか魔法を駆使《くし》してまで実現させるなんて思っていなかった。

これは全てただの偶然《ぐうぜん》だと思っていた。

なのに……まさかそんなことだったなんて……。

「君が僕を愛していないのは最初から知っていた。でも僕は反省したんだ。どうして前世であんなに君との再会に執着《しゅうちゃく》したのかと考えた時、僕は君に誤解されたままだったからだと悟《さと》った。前世では君を夫として独占《どくせん》していることに満足して君に愛を伝えていなかったし、君に愛してもらう努力もしていなかったからだと」

彼の息が私の唇《くちびる》にかかって、それが妙《みょう》に熱く感じた。

「だから僕は、今度はちゃんと君に愛されるように努力しようと思っている。ちゃんと僕の気持ちを伝えて、君に愛されたい。ちゃんと君と、お互いに愛し合う夫婦《ふうふ》になりたいんだ」

そう言うと彼は名残惜《なごりお》しそうに顔をそらしてから、ちゅっと私の頬《ほお》に口づけをした。

彼の唇の熱を直接頬に感じて、私は何も考えられなくなった。

頭がくらくらする。

驚きのあまり混乱していた私は、その時はもう何も言えずに茫然《ぼうぜん》としていたと思う。

後から私が思い出せたのは、彼の言葉と切なげな瞳《ひとみ》、そして抱きしめられた時に嗅《か》いだ彼の匂《にお》いが香水と相まって、とても良い香りだなと思ったことだけだ。

だけれどそれらを全て思い出した時、私は恐《おそ》ろしいことに気付いてしまった。

ああどうしよう……私は彼を好きになってしまったのかもしれない……！


それからは、さらにあからさまにサイラス殿下がやってくるようになった。

前は私がアマリアさまと一緒にいるところに突撃《とつげき》してくるだけだったのが、とうとう個人的に誘いが来るようになってしまったのだ。

「王宮の庭にある温室の花が見頃《みごろ》らしいので、よかったら一緒に見に行きませんか」

でも王宮の温室って、それ、立派な密室じゃあないか。

あの殿下の魔法研究室での一件以来、私はできるだけ二人きりにならないようにしていた。

正直、迷い始めてしまっていたから。

今まではとにかく責任の重い立場になんてなりたくない、それだけだった。

私は今世こそのんびりと平穏《へいおん》に、責任なんか放り出してただぐうたらしていたかったのに。

でもあの研究室での出来事のせいで、もう私の頭はぐちゃぐちゃだ。

もっと魔法を知りたい。あの部屋であの人ともっと一緒に過ごしたい。

彼と二人でたくさん語り合い、そして……。

前世ではなかったはずの彼の熱や言葉を思い出すたびに、そんな気持ちが膨れ上がってくる。

この前、彼の顔がすぐ目の前に来た時も、私は無意識にキスを受け入れようとしていたことにあの後気がついてしまった。

だからそんな状態で殿下と密室で二人きりなんて、いつかうっかり流されて自分が後戻《あともど》りできない状況《じょうきょう》になってしまう気がして怖い。

王太子妃、ひいては王妃だなんて、全く私のガラじゃあないのに。

国中の人が学ぶ素晴らしい歴代の王妃たちの名前の中に自分の名前が入るなんて、恐れ多すぎて考えたくもない。

たいした功績もなく、ただ夜な夜な厨房で魔法を煮《に》ては楽しげに笑っている王妃なんて怪《あや》しすぎるだろう。私だってそんな王太子妃や王妃は嫌だ。

まだ、覚悟ができていないのに。

だから慌ててアマリアさまも一緒に、と誘ったのだけれど、アマリアさまはにやにやしながら「行ってらっしゃい」と言うばかり。

でも同じお妃候補であるアマリアさまも行かないと不平等よね？　と言ってもみたのだが。

「殿下がとうとう本気で王太子妃を決めたということでしょう。そろそろ貴族たちも早く決めろとうるさいみたいだし、殿下もエスニアさまの気持ちが変わるのを待っている余裕《よゆう》がなくなってきているのかもね」

なんてアマリアさまは、実に楽しそうな笑顔になっている。

「まだ決まってはいないから！　まだ……！」

とはいえ王太子殿下のお誘いを断る権利はもちろん私にはない。

なにしろそのために私たちは王宮に滞在《たいざい》しているのだから。

『神託の乙女』たち、汝《なんじ》、王太子と交流すべし。

……ということで。

王宮の庭にある巨大温室《きょだいおんしつ》の中で、咲《さ》き誇《ほこ》る様々な花や木に囲まれて私たちのすることといえば。

「でも私には王太子妃なんていう大役は荷が重いのよ。あなたがただの王族の末端《まったん》くらいの人だったならよかったのに。あなたは未来の王さまになるのでしょう。そのために教育されてきたのだろうし、今でも完璧な王太子として人々に人気がある、ある意味理想的な素晴らしい王太子じゃない。なのにその相手がこんな、ただぐうたらしたい魔法大好き人間だなんて、そんなのどうなの」

「大丈夫。僕が愛しているのはそんな君なんだから。きっと国民も納得《なっとく》してくれる。国民が望んでいるのは理想的な王太子妃ではなくて、王太子に愛されている王太子妃だよ」

「でも私を選んだなんて公表したら、きっとあなたの王太子としての評判が下がるに違《ちが》いないわ。せっかく完璧な外面を持っているんだから、アマリアさまみたいな完璧な女性を選ぶのが王太子であるあなたの立場としては正解だと、私は今でも思っている。彼女ならきっと完璧な王太子妃に――」

「何が正解かは僕が決める。それに王太子としてはどうか知らないが、僕は君じゃないと幸せにはなれない。君は僕に不幸になって欲しいと思っている？」

「そんなことは……もちろん幸せになって欲しいと思っているわ……」

そう、押し問答《もんどう》である。

せっかくの美しく咲き誇る花たちも、目の前の胸板《むないた》に視界を遮《さえぎ》られてさっきから全く見えない。

私は大きな木の幹に突いたサイラス殿下の両腕《りょううで》の間に囚《とら》われていた。

すぐ近くには間近で私を見下ろす迫力《はくりょく》の顔。

少しでも動いたら彼の顔に触《ふ》れてしまいそう。

彼の吐息《といき》が、熱が、視線が熱くて頭がぼうっとしてしまう。

「前世孤児《こじ》だった私が、まさかそんな立場になっていいとは――」

「今は貴族令嬢だろう？　それに大丈夫。かつて平民から『神託の乙女』になって王妃にまでなった前例もある。問題ない」

「その王妃は特に有名な偉人じゃないの……！　私にはそんなの……王太子妃なんて……王妃だなんて、全然想像もつかないしなれる気がしない……」

目の前に立《た》ち塞《ふさ》がる壁《かべ》の大きさに暗澹《あんたん》たる気持ちになっていたら、殿下が私の頬をそっと撫《な》でながら呟《つぶや》くように言った。

「でもせっかく再会できたのに、諦《あきら》められるわけないじゃないか……前世の全てを懸《か》けてやっと……やっと君にまたこうして会えたのに」

なんだか悲しそうに言うその顔が、あの前世で最後に見たかつての彼の泣き顔とだぶって見えた。

——生まれ変わっても、また一緒になろう。

あの言葉を、あの時彼はどんな気持ちで言ったのか。

私は全然わかっていなかった。

「私は……ずっとのんびりした優雅な生活が憧《あこが》れだったのよ……前世の時から……」

目の前に見える大きな大きな壁と、諦めきれない人生の夢の狭間《はざま》で揺《ゆ》れる。

でも彼の腕は優《やさ》しく私を包むばかりで、決して離れようとはしないのだった。

その腕の温《ぬく》もりが私の最後の抵抗《ていこう》を今にも押し流してしまいそうだ。

温室の花たちの濃厚《のうこう》な香りが私の頭をさらに麻痺《まひ》させる。

「いつか僕を愛してもらえるように、できるだけのことをすると約束する。本当は急がせる気はなかったんだ。ちゃんと君の気持ちが僕に向いてから進めようと思っていた。でも、そろそろ時間がなくて」

「私……覚悟が……だってあまりにも……それに、もっと適任の人だっているのに」

いくら気持ちがあったとしても、その感情に任せて安易に無責任な選択《せんたく》はできない。

それはあまりにも大きな覚悟が必要なのだ。

この人の王妃が歴史上で一番怠惰《たいだ》で役立たずな王妃として歴史に名を刻むことになるか

もしれない。そう考えるだけで震え上がる自分がいる。

「でも僕は君がいい。また君と暮らしたい。これからも君とずっと一緒に生きていきたいと、あの前世も今も変わらず思っているんだ。君がいい」

「時間を……もう少し時間をちょうだい……」

「できるだけ待つよ。だから考えて欲しい。ただ、そろそろ王太子妃を発表しなければならない。あまり時間はないんだ」

「時間切れになったらどうなるの」

「まだ決めていない。君の望まないことはしたくないとは思っている。でも、他の女性にプロポーズもしたくない。君以外の人と人生を共にするなんて、前世も今も考えたこともなかったから」

そう言って彼は、そっと優しく私を抱きしめた。

私は彼を振りほどくべきだったのかもしれない。

だけれどその腕に囚われた時、私はこのまま永遠に時が止まればいいと願っている自分に気がついていた。

「エスニアさまったらほんと酷《ひど》い顔ねえ。もう少し美容に気を配りましょうよ。それにはたっぷりの睡眠《すいみん》が不可欠よ」

「アマリアさま……私、アマリアさまにならば喜んでいつでも変わって差し上げますよ？」

あれから私は悩みに悩んで、特に夜はもんもんと悩み続けてすっかり寝不足《ねぶそく》の酷い顔になっていた。

彼の気持ちはわかった。

私もそんな彼の気持ちにほだされたのか、気がつけばすっかり彼のことを好きになってしまっていた。

だけれどその先にあるのは……。

飛び込める？

もう気楽に思いつきで遊びに行ったりもできない、死ぬまで国のため人々のためにひたすら働く人生に。

歴史に名を刻み国を背負う覚悟はなかなか……できなくて。

思えばつい一ヶ月ちょっと前までは、私は実家で使用人としてこき使われていたのだ。

なのに突然、伝説の偉人たちに並べと言われても。

そんな私の葛藤を知ってか知らずかアマリアさまは朗らかに笑い飛ばす。

「あらそんなのはごめんだわ。そんなことをしたらあの殿下が泣いちゃうじゃない」

ぽかぽかな昼下がり、私たちは久しぶりに五人揃《そろ》って昼食をとり、その後もお茶をしながらおしゃべりをしていた。

最近はアマリアさまと一緒に殿下と昼食をとることが多かったから、こうして五人揃ってのんびり過ごすのは久しぶりだ。

みんなはそんな私とアマリアさまの会話を聞いて、なぜか楽しそうにきゃっきゃと盛り上がっている。

「やっぱり泣くと思う？　あのキラキラな微笑みの殿下が」

「そりゃあ泣くでしょう～フラれたら誰だって悲しいもの」

「ご執心《しゅうしん》だものねえ。なのにこんな土壇場《どたんば》になってフラれたら、さすがのあの殿下も泣くと私も思うわ。なんてお可哀相《かわいそう》」

「みんな……他人事《ひとごと》だと思って……」

ここには誰も、全く一人も私の味方はいなかった。

「エスニアももっと早く覚悟を決めておけばよかったのよ。『神託の乙女』に選ばれた時から、その可能性があなたにもあったのよ？」

「だって……！　私にはそんな気がなかったんだもの……！　他に四人も素晴らしい女性がいるのに、まさか私が選ばれるなんて思わないじゃない……」

「もう～この子はどうしてそんな風に思い込んじゃったのかしら」

「あんなに最初から息ぴったりで仲良しだったくせにねえ」

「結構最初からだったわよね？　なんていうか、空気感が同じというか」

だからそれは……前世の……って、ああ……。

「私、最初からピンと来ていたわ。きっとエスニアさまが選ばれるって」

「結構わかりやすかったわよね。エスニアさま以外はたぶん、みんな思っていたんじゃないかしら」

「嘘でしょう……？　誰もそんなこと言っていなかったじゃない……」

私はテーブルに突《つ》っ伏《ぷ》したままうめいた。

「殿下が早くからエスニアさまを構っていたし」

「そうそう、しかもなんだかとても楽しそうに」

「私、スープの話を聞いた時にはもう確信したわ。だって普通王族は毒見をしていない料理には手をつけないはずだもの。それだけエスニアを信頼《しんらい》して一緒に過ごしたかったということでしょう？」

「それにあの薬草茶をあれだけ嬉しそうに飲める理由なんて愛しかない」

「そうそう」

「違う……それは……」

私はまたうめいた。

しかしみんなは気にしないどころか、ますます楽しげだ。

「さすがの私もあのお茶は厳しかったわ」

「あれはなかなかよねえ。一生忘れないかも、あの苦み」

「あれを笑顔で飲み干すなんて、しかもおかわりまでするとか。いったいどれだけの愛があるとあんなことができるのかしら」

「まさかスープもあの味だったなんてことはないわよね？　まさかティルが入っていたりなんて？」

「ええ？　まさかスープにティルを入れたりしないでしょう。まさかね？」

「う……ティルは…………入れました…………」

「うっそでしょう⁉」

私はテーブルに突っ伏したままだったけれど、私には四人の驚き呆《あき》れる顔がまざまざと想像できた。

「でも本当にあの殿下はティルが好きなの……本当なの……愛とかじゃなくて本当にただ好きなのよ……」

前世から。それが言えたらどんなにいいか……！

「私、殿下の好みなんてあんなに毎日交流していてもわからなかったわ」

「もうどう見てもエスニアさまが一番お似合いじゃない。諦めて殿下の腕に飛び込みなさいよ」

「……荷が重い…………」

「またあ。なんとかなるわよ。きっと」

「まあ私はちょっとエスニアの気持ちもわかるけどね。私もほら、ただの中堅伯爵家《ちゅうけんはくしゃく》の娘《むすめ》じゃない？　最初は浮かれていたけど、最近はアルベインさまがあのマザラン公爵家《こうしゃく》を継《つ》ぐのかと思うと、ちょっとプレッシャーを感じることもあるのよね。ちゃんと切り盛りできるのかとか使用人に認めてもらえるかとか」

マザラン公爵家はこの国の数少ない公爵家、しかもその中でも特に歴史の古い大貴族の家だ。そこの女主人ともなると、たしかに大変だろう。

でも即座にアマリアさまが、朗らかに言った。

「エリザベスさまなら大丈夫よ。アルベインさまがきっと守ってくださるわ。それに王太子妃とお友達なんだから、使用人に舐《な》められたりもしないいしない」

「エリザベスさまがご結婚したら、私、一度遊びに行ってみたいわ。マザラン公爵家って言ったら、それは大きくて豪華《ごうか》なお屋敷《やしき》で有名だもの！」

「私がエリザベスさまのところに遊びに行く時はもちろんエスニアさまにも会いに来るから、ほらエスニアさまも元気出して。その時にはお妃教育の愚痴《ぐち》でも公務の愚痴でも何でも聞いてあげるから〜」

「フローレンスさま……どうしてもうお嫁《よめ》に行った話になっているの〜〜」

フローレンスさまは、シレンドラー大尉《たいい》のところにお嫁に行くことが決まってからとても幸せそうだ。

お嫁に行ったら夫について、戦場にだって行くかもしれないのに。

それでも愛する人といることを選んだフローレンスさまの愛はすごいなと、私は思った。

「でもこれで無事に王太子妃が発表できそうでよかったわ。いいかげん私も父の追及《ついきゅう》が厳しくてうんざりしていたの。王太子妃にならない『神託の乙女』をどの家が射止めるかという話で、もう社交界はもちきりだそうよ」

「嫌ねえ、家の利益最優先の方々って」

「好きでもない人のお家《うち》になんて嫁《とつ》ぎたくないわ」

「それにもしも嫁ぎ先が不幸にでも見舞《みま》われたら、きっと『神託の乙女』なのにって私たちが責められるのよ」

見事『神託の乙女』を娶《めと》った家は繁栄《はんえい》する。そんな伝承があるせいで、どの貴族の家も『神託の乙女』を嫁に欲しいと大騒《おおさわ》ぎをするのが、今ではもうなんて面倒なのかとしか思えない私だった。

でもまさかその内の三人の結婚が決まっているなんて、社交界の方々は想像すらしていないだろう。

「きっとアマリアさまの争奪《そうだつ》戦が始まるわね。今お相手が決まっていないのはアマリアさまだけだもの。それが発表されたら大変な騒ぎになってしまいそう」

「そういえばアマリアは誰に嫁ぎたいとか希望はあるの？　もしあるなら私、協力するわよ！」

「私も！」

「私もアマリアさまに不本意な結婚なんてして欲しくないわ。絶対に素敵《すてき》な人じゃないと。なんなら王太子でもいいくらい……」

「エスニア、あなたはいいかげん諦めなさいな。そんな言葉を聞いたら殿下が泣くわよ？　あなただってきっと後悔《こうかい》するんだから」

「そうよそうよ。でもアマリアさまも幸せにならないとね！　そのためには希望はちゃんと主張しないと。どんな相手がいい？」

そんな興味津々《きょうみしんしん》な視線を受けても、アマリアさまは冷静な顔のままだった。

「別に誰でも……そうね、一緒にいて不快な人じゃなければ。特に希望もないわ」

「それは、好きな人はいないということ？　結婚した相手と恋愛《れんあい》するの～とか、そういう感じ？」

「恋愛は私、もうしないような気がするから……」

アマリアさまがそう言いかけたちょうどその時、私たちがいる部屋の扉が、バン！と大きな音を立てて開いた。

驚いて扉の方を見ると、浅黒い肌《はだ》の凛々《りり》しい男の人が立っている。息を切らしている様子から、急いで来たようだ。

身なりは高級そうだけれど、意匠《いしょう》がこの国のものとは違う。

肌の浅黒さからも、その人が外国人だというのが一目でわかった。

「アマリア！」

その男の人は一言そう叫《さけ》ぶと、早足でアマリアさまの座っているところまで来てアマリアさまの両手を握《にぎ》って跪《ひざまず》いた。

「レイ……？」

アマリアさまが信じられないという顔をしている。

でもなんだか……とても嬉しそう？

「アマリア。間に合ってよかった。迎《むか》えに来たんだ。僕は約束を守る。だから君も守らなければならない。僕と一緒に来てくれるね？」

それからは、とにかく大騒ぎだった。


突然現れたのは、隣国《りんごく》タイタンの王子でマルク・レイ・タイタンという人物だった。

そのマルク・レイ王子は王さまと王妃さまに謁見《えっけん》すると、真っ先にアマリアさまをもらい受けたいと言ったそうだ。

驚いたのはこちら側である。

王宮内が、あれから明らかにてんやわんやしている。

「そのマルク・レイという方、いったいどこでアマリアのことを知ったのかしら？」

「なんでも前に留学していた時に知り合ったとか」

「アマリアさまがタイタンの言葉を流暢《りゅうちょう》に話せるのは、留学していたからなのね」

タイタンといえば、私の前世の後にこの国を一時的に征服《せいふく》した、あの隣国である。

昔から軍事国家で有名で今でも徴兵《ちょうへい》制度があり、国民の男子全てが一度は徴兵されるという。

その昔、今の王の祖先でもある魔術師が粘《ねば》り強《づよ》い交渉《こうしょう》の末に独立を勝ち取っていなければ、我が国は今でもタイタンの属国だっただろう。

ただ我が国を解放した後も属国の独立が相次いだので、今は昔のような勢いはなく随分大人しくなったと言われている。

ただしかつての支配国としてのプライドは今でも高く、国全体が好戦的という話だ。

そんな国の王子が？

アマリアさまを攫《さら》いに来た？

アマリアさまは王さまに呼ばれて、王宮の奥へ参じてから帰ってこない。

私たちは動揺しながらもアマリアさまを心配していた。

「でもあの時のアマリアさまの様子……もしかしてアマリアさまも彼を好きだったんじゃないかしら」

「それは私も思ったわ。アマリアさまは驚いてはいたけれど、決して嫌がってはいなかったと思う。むしろ嬉しそうに見えたの」

「あの人を今でも好きだったから、あの人以外と結婚するなら誰でもいいと思っていたということかしら」

「でもさすがにタイタンの王子が相手では……大丈夫かしら……」

かつての支配国の王子と元属国の一貴族令嬢の恋愛。

それが本当だとしたら、アマリアさまはなんて絶望的な恋《こい》をしていたのだろう。

だけれどマルク・レイ王子はやってきた。

そしてアマリアさまに跪いたのだ。

「どうなるのかしら……」

みんなが心配する中、私は同時に密《ひそ》かにショックを受けてもいた。

いやもちろんアマリアさまは心配だ。

アマリアさまが本当にあの王子のことが好きなのだとしたら、なんとか上手《うま》く幸せになって欲しいと思う。

だけれどそれはつまりアマリアさまが、もうサイラス王太子と恋をする可能性がないということで……。

次の日、サイラス殿下が珍しく私たち四人を王宮の奥の部屋に呼んで言った。

「あなたたちには説明をしておいた方がいいと思い、来ていただきました。ご存じのように昨日隣国タイタンの王子がお忍《しの》びで我が国を訪問され、アマリア嬢を妻として迎え入れたいとの正式な要請《ようせい》がありました」

緊張した空気が部屋に張り詰めた。

相手はかつての支配国であり、フローレンスさまの未来の旦那《だんな》さまが今も命を懸けて戦っている、その相手の国でもある。

好戦的な国という噂の通り、常に小競《こぜ》り合《あ》いがあって今も死者が出ているという。

とてもじゃないが友好国とは言いがたい。

「アマリアさまは……アマリアさまはなんと仰《おっしゃ》っているのですか？」

フローレンスさまが聞いた。

サイラス殿下は静かに答えた。

「アマリア嬢は、国王陛下がお許しになるのなら受け入れると言っています。陛下が断るならそれにも従うと」

「陛下のご判断は」

「今協議中です。アマリア嬢が今『神託の乙女』として王太子妃候補になっているので、話が複雑になっています。マルク・レイ王子の主張はこうです。タイタンの王族に嫁《とつ》ぐ娘《むすめ》が他国の王子に捨てられたという前歴を持つわけにはいかない。しかし選ばれてもいけない。だから途中棄権《とちゅうききけん》をさせろと」

「王太子妃に選ばれなかったということが、捨てられたと解釈《かいしゃく》されるということですか？」

「そのようです。しかし選ばれても困ると」

「でも途中棄権なんて……」

この国の歴史で『神託の乙女』の役割を王太子妃発表より前に途中で放棄《ほうき》した前例は、おそらくないはずだ。

そんな話は聞いたことがない。

「隣国に我が国の伝統的な決まり事を私利私欲で曲げさせる権利はありません。『神託の乙女』から王太子妃を選ぶことは我が国の昔からの伝統ですし、その五人を選び出すのが『神託の水盤』であることも我が国の昔からの決まりですから、他国から文句を言われる筋合いはないのです」

アルベインさまが憮然《ぶぜん》とした顔で言う。

「……」

私たちは何も言えなかった。

これは国際問題なのだ。

私たちがおいそれと口を挟《はさ》める話ではない。

「とにかく今、国王陛下と重臣たちで協議をしています。その間アマリア嬢は王宮の奥向《おくむ》きで保護することになりました。このような事態では何があるかわかりませんので。ですのでしばらくの間アマリア嬢はみなさまと離れることになりますが、アマリア嬢はお元気なので心配しないでください」

「わかりました」

私たちにはそう答えるしか、選択肢《せんたくし》はなかった。

「王宮で保護っていうことは、あの王子による誘拐《ゆうかい》でも心配しているのかしら？」

私たちは戻《もど》ってから、エリザベスさまの部屋に集まってこそこそと話をしていた。

さすがに使用人のいるような場所でこんな話はできない。

でもみんながこの件について話をしたくてそわそわしていたら、エリザベスさまが誘ってくださったのだ。

私たちは頭を寄せ合って小声で話し合った。

「気性《きしょう》の荒《あら》い国民性だって言うから、その可能性もあるかもしれないわね」

「アマリアさま、もしかしてとんでもない人に惚《ほ》れ込《こ》まれてしまったということ？」

「見かけは格好いい人だったけど。でも性格はどうなのかしら」

「そもそも『神託の乙女』を棄権なんて、できるの？」

「そんなことを受け入れたら隣国の言いなりみたいに見えてまずいんじゃない？」

けれどもいろいろ意見が出る割には、全く結論は出ないのだった。

まあ前代未聞《ぜんだいみもん》な国際問題を私たちが正しく見通すことなど、どだい無理なことなのだろう。

「とにかくアマリアさまの無事と、どんな形であれ彼女の幸せを祈《いの》るしか私たちにはできないわね」

そんな結論になった。

でも最後にエリザベスさまが、

「きっと大丈夫よ。アマリアだってエスニアが作った恋のお守りを持っているんだから、きっと良《い》い方向にいくわ。少なくともアマリアが好きな人とはちゃんと上手くいくはず。それが隣国の王子でも全く別の他の人だとしても。ね？」

と言った時、なんだかみんなが明るい顔になったのが嬉しかった。

私は祈った。

私のお守りが、アマリアさまを幸せにしてくれますように。

それでも心配には変わりがないので、きっと私はぼんやりしていたのだろう。

私が自分の部屋に戻った時、突然近くから「エスニア！」と呼ばれて飛び上がるほど驚いてしまった。

「え……お継母《かあ》さま……？」

唖然《あぜん》とした私が言えたのは、ただその一言だけだった。

どうしてそこにいるのか。

なぜイモジェンまでいるのか。

あまりに突然たくさんの疑問が浮かんで、私はあんぐりと口を開けたまま動けなかった。

そんな私を見て、なぜか得意げな顔の継母《ままはは》は勝《か》ち誇《ほこ》ったように私にまくし立て始めた。

「だから言ったじゃないの！　あんたじゃないって！　やっぱり『神託の乙女』に選ばれたのはあんたじゃなくてイモジェンだったのよ！　なのにあんたはのこのことこんなところまで来て、のうのうとこんな良い部屋までもらって！　あんたに権利を奪《うば》われたイモジェンが可哀相だとは思わないの？　もうこれからは全てイモジェンに返してもらいますからね！」

唖然としているうちに、継母は私の着ているドレスを脱《ぬ》がせようとしたのだろう、ドレスの胸元《むなもと》を摑《つか》むと思いっきり引っ張った。

ビリッという音とともにドレスが破れる。

「何をするんですお継母さま！」

「こんな……！　こんな良い服を着る権利なんてあんたにはないのよ！　脱ぎなさい！　このドレスだって本来ならイモジェンのものじゃないの！　あんたには薄汚《うすよご》れた使用人のお仕着せがお似合いよ！」

そう言いながらさらにドレスに手を伸《の》ばす。

私はとっさに身をかわして部屋を出ようと扉の方を向いた。

するとそこには、イモジェンが立《た》ち塞《ふさ》がっていた。

「お姉さま、いいかげんにしてくださいな。私の代わりに王太子妃になろうと思ったんでしょうけど、偽者《にせもの》は王太子妃になんかなれないってもうわかったでしょう？　そろそろ現実を見た方がいいですよ？」

にやにやとバカにするように笑いながらそう言う顔は、継母ととてもよく似ているな、と私はぼんやりと頭の隅《すみ》で思った。

「偽者って何？　現実って？」

出口を塞がれたので、仕方なく腕を組んでイモジェンに聞く。

腕を組んだのは、破れたドレスを腕で押さえてそれ以上破られないようにと考えてのことだ。

「だって、もう一ヶ月以上経《た》つのに王宮はずっとだんまりじゃない。こんなことは今までなかったって、みんなが言っているわ。『神託の乙女』は王太子と、あっという間に恋に落ちるはずなのに！」

イモジェンが勝ち誇った顔で言う。

すると継母も後ろから半笑いで言い出した。

「『神託の乙女』が王太子と出会ってからもう一ヶ月が経ったというのに、まだ王太子妃決定の発表がないなんておかしいでしょう？　集められた『神託の乙女』に偽者が混じっていたからだとしか思えないわ。やっぱりお前じゃなかったのよ！　なのにお前はこんな良い服を着てこんなに良い部屋までもらって！　偽者のくせに恥《はじ》を知りなさい！　そしてイモジェンに謝りなさい！」

「謝る……？」

「当たり前でしょう？　結局イモジェンが本当の『神託の乙女』だったんだから！　なのに自分が選ばれたなんて勘違《かんちが》いして、ずうずうしくここで暮らしていたんでしょう？　なんて恥《は》ずかしい子なの！　ああイモジェン可哀相に！　こんな酷い女にあなたの大切な権利を奪われるなんて」

「ねえお姉さま？　聞いた話では王太子殿下はまだ誰とも恋に落ちていないらしいじゃない？　それは本当の王太子殿下の運命の相手がお姉さまじゃなくて私だったからだって、みんなが言うのよ。もちろんお姉さまも今はそう思うでしょう？」

　私は開いた口が塞がらなかった。

　どんな謎《なぞ》理論が展開されたのか、一瞬《いっしゅん》理解ができなかった。

「社交界ではいったいどういうことなんだって、みんな怒《おこ》ってるわ。『神託の乙女』が招集されて王太子妃が決まるのを、いえ王太子妃に選ばれなかった『神託の乙女』が決まるのを、結婚しないでずっと待っていた跡継《あとつ》ぎが山ほどいるのよ。だからそんな跡継ぎのいる家がみんな怒っていてすごいことになっているわ。早くうちの嫁を解放しろってさ。だから私はそいつらに言ってやったのよ。『神託の乙女』に偽者が混じっているからずっと決まらないんだって！」

　そういえば『神託の乙女』は、王太子が二十歳《はたち》になった時に『神託の水盤』を使って選ばれる決まりだ。

　ということは、王太子が二十歳になればその代の「王太子妃にならなかった『神託の乙女』」が誕生することになる。

　それは予想ができることだから、王太子に選ばれなかった四人の『神託の乙女』を娶るつもりで今まで結婚しないで待っていた独身の跡継ぎがたくさんいたということか。

そして早く王太子妃を決めて、残りが誰かを教えろと騒《さわ》いでいるのだろう。

「誰が選ばれるかもわからないうちからそんなことを……？」

驚く私をふんと鼻で笑って継母が言った。

「何言ってるの。たった四人しかいないんだから、みんな必死に決まっているじゃない。あんたにだって山ほどの縁談《えんだん》話が来るくらいなのよ？『神託の乙女』ってだけで、それはもう山ほどの跡継ぎとの縁談が！それもあんたなんて全然相応《ふさわ》しくないような立派な家ばかり！だから全部断っているってのに次から次へともう本当にしつこいったら！」

……ほんと、なんで『神託の乙女』を娶った家は繁栄するなんていう伝承があるのだろう。

いい迷惑《めいわく》だ。

「もう一ヶ月もこんな騒ぎなのに、まだ運命の相手に出会っていないなんて、なんて可哀相なサイラスさま……」

「本当にお可哀相にねえ。でもこれからはイモジェンが優しくお慰《なぐさ》めすればいいのよ。さあ、イモジェンに一番似合うドレスを選びましょう。あなたはちょっと小柄《こがら》だから、あちこちドレスを詰めないといけないわね」

そう言って継母は私の部屋にあるクローゼットを開けると、中に吊《つる》してあったドレスを物色し始めた。

それは全て王宮が『神託の乙女』のために仕立てたドレスだから、そこにあるものは全て私の体型に合わせて作られたものだ。

それをイモジェンに着せようとしているらしい。

「なんて贅沢《ぜいたく》なドレスばかり……！　お姉さま、王宮を騙《だま》してこんなことまでしてもらって、よく平気だったわね。私だったら恥ずかしくて一ヶ月もいられないわ！」

「あら、ねえ！　このドレスはあなたによく似合うと思うわ。ちょっといらっしゃい……ほら！　まるでイモジェンのために作られたみたい！　よく似合うわ！」

「まあ本当！　お母さま、私このドレス気に入ったわ。早速裾《さっそくすそ》を切らなくちゃ！　あとあのドレスもいいわね、あっちも！　ああなんて素敵なの……！」

目の前で私のドレスを目を輝かせて物色している二人に、つい呆れてしまってしばらく茫然と眺《なが》めてしまったが、この二人をこのまま放っておくわけにはいかない。

私は助けを呼びに行こうと、改めて扉に向かおうとした。

しかし、それに気がついたらしい継母に、突然後ろから突《つ》き飛《と》ばされて私は吹《ふ》っ飛《と》んだ。

ごつん！

吹っ飛んだ拍子《ひょうし》に頭を壁にぶつけてしまった。

頭に激痛《げきつう》が走り、目の前がちかちかした。

「そんな格好で外に出ようとするなんて、なんてはしたない！　私とイモジェンに恥をかかせないで！　もうあんたはここにでも籠もってなさい！　出てくるんじゃないわよ！

ちょっとでもイモジェンの邪魔《じゃま》をしたら許さないからね！」

そう言って継母は無理矢理私をクローゼットの中に押し込んだ。

気に入ったドレスをあらかた取り出した後のようで、見慣れたクローゼットの中はすかすかになっている。

クローゼットといっても王宮の客間備え付けのクローゼットなので、小さな部屋くらいの大きさはある。

とりあえず丸くなれば横になれるだけの床《ゆか》はあった。

私はずきずきと痛む頭を休めるように、何枚か残っていたドレスを床に敷《し》いてからその上にそっと横になった。

第五章　執念

ふと意識が戻《もど》ったのは、継母《ままはは》の金切り声が聞こえたからだ。

「エスニアは熱を出したって言っているでしょう！　看病は私がするから入らないで！　エスニアは神経が細いから、弱っている時は家族しか受け付けないんです！」

どうやら私は熱を出して寝込《ねこ》んだということになっているらしい。

私は真っ暗な中ゆっくり起き上がると、そのまま手探《てさぐ》りで扉《とびら》のところまで這《は》って行って扉に耳をつけ、もっとよく聞こうとした。

「でしたら、お医者さまをお呼びしますね」

そんな侍女《じじょ》の声が聞こえた。

あの声は、私についてくれている侍女の声だ。

「だから！　エスニアは弱っている時は誰《だれ》も受け付けないって言っているでしょう！　あなた耳がないの？　ちゃんと人の話を聞きなさいよ！　医者だって他人なんだからダメに決まっているでしょう！」

何の罪もないのにあの継母に怒鳴《どな》られてしまって可哀相《かわいそう》に。

私は胸が痛んだ。彼女はさすが王宮で働いているだけあって、とても働き者で気立ても良《い》い子なのに。

「申し訳ありません……！」

って、いやいや、主人が熱を出したなら、まず真っ先に医者を呼ぶのが使用人の仕事だろうに。

彼女の対応はとても正しいのに怒《おこ》られるなんて、なんて理不尽《りふじん》なのか。

「あなたでは話にならないわ！　もう来ないでちょうだい！　それより私とイモジェンのベッドはまだなの？　エスニアを看病する私たちに、まさか床《ゆか》に寝ろって言うんじゃないでしょうね！」

「すみません……！　すぐに聞いて参ります……！」

「だからあなたは来なくていいのよ！　さっき言ったでしょう！　ちょっと！　何をもたもたしているの、早く行きなさい！」

継母の怒鳴り声を聞いていると、なんだか実家にいるような気分になってくる。

真っ暗なクローゼットの中で私は頭を抱《かか》えた。

なんて騒動《そうどう》を起こしてくれたのか。

まさか『神託《しんたく》の乙女《おとめ》』を王宮内で監禁《かんきん》するなんて。

しかし継母もイモジェンも全く堂々としているようだ。

イモジェンの声が聞こえた。

「お母さま、今晩はサイラス殿下《でんか》が『神託の乙女』との夕食に現れなかったの。他の『神託の乙女』の人たちが言うには、今殿下はお仕事が忙《いそが》しいんですって。それに、四人いると思ったら三人しかいなかったのよ。どうして一人足りないのかしら？」

「さあ、どうしてかしら。でも好都合じゃない、ライバルが減ったんだから。他の三人はどんな人たちだった？　一ヶ月も殿下と一緒《いっしょ》にいても選ばれなかった人たちなんか、あなたのライバルにもならないけれどね」

「なんかみんな大人しそうな人たちだったわ。あんまり会話もなかったし。どうしてあんなつまんない人たちが『神託の乙女』に選ばれたのかしら。もしかして、あの人たちも偽《にせ》者《もの》なんじゃないの？」

くすくすと笑う声が聞こえた。

あの三人を、ただ大人しかったと表現したイモジェンの頭は大丈夫《だいじょうぶ》だろうか。

そりゃあ今アマリアさまが大変なことになっていて、その上私が熱を出したと聞かされたら楽しく食事なんてできるわけがない。

しかもそこに初めて会うイモジェンが乱入したのなら、さらに会話の内容は無難にならざるをえないのに。

私は友人を侮辱《ぶじょく》されて怒《いか》りが湧《わ》いたが、扉を開けようとしても外から鍵《かぎ》がかけられているらしく開けることはできなかった。

「エスニアが起きたのかしら」

私が扉を開けようとした音が聞こえたのだろう。

継母が私を思い出したようだ。

しばらくするとガチャリと扉を開ける音がして、部屋の明かりがクローゼットの中にも差し込んだ。

「まぶし……」

「やっと起きたのね。今まで寝ているなんて良いご身分ね！　いい？　あなたは熱を出して寝込んでいることになっているから、しばらくそこで大人しくしていなさい。暴れたりなんかしたら酷《ひど》い目にあわせるからね！」

ちなみにこれは脅《おど》しではない。

それを過去に私は嫌《いや》と言うほど学んでいた。

私はとりあえずしおらしく従うふりをすることにした。

「わかりました。でもお継母《かあ》さま、お手洗には行かせてください。あと食事と水も。もし私がここで汚《きたな》らしく飢《う》え死《じ》にしたら、お継母さまも困るでしょう？」

そうして私は最低限の生活を確保した上で、しばらく大人しくしていることにした。

今はタイミングが悪すぎる。

サイラス王太子は通常の仕事にアマリアさまとマルク・レイ王子の問題が乗っかってきて、きっと今は他の『神託の乙女』を気にかける余裕《よゆう》はないだろう。

この王宮全体が昨日から混乱しているようだったから、この二人もその混乱に乗じて家族だからとここまで来《こ》れてしまったのだろう。

私は一日一度だけ与《あた》えられる粥《かゆ》とパンと水、そして監視《かんし》付きのお手洗という生活になった。

まあ……実家にいた時よりは良い生活ではある。

あの頃《ころ》は使用人として働いていた上に、よく言いがかりをつけられては罰《ばつ》として食事を抜《ぬ》かれていたから、労働がない分だけ楽ができていると言える。

継母と異母妹がお粥を嫌《きら》いだったおかげで『神託の乙女』たち三人からの差し入れとして届けられるお粥が手つかずでもらえるのが本当にありがたくて涙《なみだ》が出た。

私を心配してくれる友人たちの存在は、なんて心強いのだろう。

そんな生活を三日ほど。

さすがにお腹《なか》が空《す》いて、パンとお粥だけの食事では体に力が入らない。

だが全く何も与えられないよりはましである。

そしていつの間にか、私は強くなったようだ。

「お継母さま、のどが渇《かわ》きました。お水をくださいな」

クローゼットの扉をたたいてはあれこれと要求するようになった。

「いいかげんにしなさい！　我《わ》が儘《まま》ばかり！　水ならイモジェンが顔を洗った水があるからそれでも飲んでなさい！」

そうして洗面器いっぱいの水を獲得《かくとく》したりしている。

汚い？　そうね、生粋《きっすい》の貴族ならそう思うかも。

でも元々庶民《しょみん》の記憶《きおく》のある私には、冷たい水が嫌で指先だけ濡《ぬ》らしてちょびちょびとしか顔を洗わないイモジェンの使った水なんて、全然苦ではない。

硬《かた》い床に寝るのにも慣れた。

季節が冬でもないのに、そして『神託の乙女』が王宮にいる期間は長くても二ヶ月だというのに、なぜ温かそうなふわふわの毛皮までクローゼットにあるのかはわからないが、ありがたくその支給されていた毛皮のコートを上掛《うわが》けにして、私は温かく寝ることもできていた。

しかしさすがに何もしないで三日目ともなると飽《あ》きてくる。

やることがなさすぎるのもなかなか苦痛なのだということを、人生二回目にして初めて発見した私である。

暗いクローゼットの中で体を動かすのも飽きた。

ドレスの数を数えたり、生地《きじ》を触《さわ》ってどのドレスか当てるのにも飽きた。

一般《いっぱん》的なアクセサリーも支給されていたはずだけれど、それはイモジェンに全て持って行かれたようで一つも残っていない。

継母は私の部屋で一日中自由に過ごしているようで、食事は全て持ってこさせ、イモジエンに着せるため私のドレスを侍女たちに急いで直させたりしながら、私が逃《に》げないように監視している。

イモジェンは私に支給されていた『神託の乙女』用のドレスとアクセサリーを身につけては、王太子と出会うべく王宮の中をひたすらうろついているらしい。

あまり部屋にも帰ってこないのだが、たまに帰ってきては継母に報告しているその話を聞くことくらいしか私もすることがない。

どうやらこの三日間、イモジェンは一生懸命《いっしょうけんめい》に王宮の中をうろついてはいるものの王太子には会えない上に『神託の乙女』たち三人にも相手にされず、イライラが募《つの》っているようだった。

「あのエリザベスって人、私嫌いだわ。私が近寄るとそれまで話していたのをぴたっと止めて、『あらイモジェンさん、お姉さまのお加減はいかが？　もうお医者さまにはお見せしたのよね？　お医者さまはなんと仰《おっしゃ》っているの？』しか言わないのよ！　ムカつくったら！」

なんて言っているのが聞こえる。

「まあまあイモジェン、そんな人は放っておけばいいのよ。きっと王太子に選ばれなかった鬱憤《うっぷん》をあなたにぶつけているのね。あなたがあまりに可愛《かわい》らしいから、王太子殿下があなたに一目で恋《こい》に落ちるところを想像して嫉妬《しっと》しているのよ」

「嫌ねえ、嫉妬なんて……そんなの仕方ないことなのにね！　なのにいつもつーんとしていて、本当にムカつく！　他の二人も私の顔を見れば『エスニアさま、エスニアさま』って！　誰も私のことを『神託の乙女』とは認めないような態度なのよ！」

「まあまあイモジェン。その人たちはきっとこんなに可愛らしい子が『神託の乙女』だったら困るから、あのどんくさいエスニアに戻ってきて欲《ほ》しいのよ。ほんとエスニアは上手《うま》くやったわね……怖《こわ》い子。でも大丈夫。王太子殿下があなたに出会って恋に落ちてしまったら、もう誰もが認めるしかないのだもの」

そんな会話も、三日目ともなると新鮮味《しんせんみ》がなくて飽き飽きしてきた。

毎日よく同じ話を繰《く》り返《かえ》せるものだと私は密《ひそ》かに感心していた。

しかしイモジェンが必死に王宮内で探し回っても王太子に会えないということは、やはりアマリアさまの件が難航しているのだろうか……。

アマリアさまのことも心配だし、全く顔を出さないというサイラス殿下のことも心配になってきた。

まだ三日……三日しか経《た》っていないのに、もう何週間も会っていないような気がしてしていなかった。

今まで毎日会っていたから、それが奪《うば》われるとこんなに寂しいと感じるなんて想像もしていなかった。

いつの間にか、彼が近くにいることに心地よささえ感じていたらしい自分に驚《おどろ》く。

今は寂しくて仕方がなかった。

サイラスに……会いたい……。

そんなことをしみじみと思っていたら、とうとう夕方になって興奮したイモジェンが部屋に帰ってきた。

「お母さま！　今までいなかった『神託の乙女』のアマリアって人が帰ってきたの！　すごい美人よ！　聞いたら今までずっと王宮の奥にいたんだって。まさかもうサイラス殿下とできちゃったなんてことあると思う？　私、今からサイラス殿下を取り返せるかしら」

「アマリア……ああタルディナ侯爵《こうしゃく》家の娘《むすめ》ね。美人で有名らしいけれど、ただそれだけじゃない。きっとお高くとまっているんでしょう？　なら大丈夫よイモジェン。あなたの方がずっとずっと可愛いから！　あなたほど魅力《みりょく》的な子なんてどこにもいないわ！」

「そうなんだけど……うん、そうよね？　でもそのアマリアって人を、他の三人がきゃあきゃあ言いながら囲んでいて、私のことなんて完全に無視なのよ。本当にあの人たち全員ムカつくったら！」

「あらあら、仲間はずれなんて、なんて大人げない。でもきっとそれだけあなたが魅力的ってことよ。それにそのアマリアを殿下が王太子妃《ひ》に選んでいたら、他の人たちがそんな風に笑っていられるはずがないのだから、まだアマリアも選ばれてはいないはず。だからまだチャンスはあるわ！」

……ということは、アマリアさまの件は解決したのだろうか？

他の三人が喜んでいたということは、良い方向で決着したと思いたい。

クローゼットの中で一人でほっとしていたら扉をノックする音が聞こえた。

「誰？」

継母が扉を開ける音がする。

「私はアマリアと申します。同じ『神託の乙女』のエスニアさまのお見舞《みま》いに参りました。エスニアさまのご容態はいかがですか？」

アマリアさまだ！

自分のことだけでも大変だろうに王宮の奥から戻ってきてすぐにお見舞いに来てくれるなんて、なんて優《やさ》しいのだろう。

私は感動していたが、継母が相変わらず冷たく対応している声が聞こえてきた。

「お見舞いありがとうございます。ですがまだ熱が下がらなくて。熱があるうちはあの子は家族しか受け付けませんの。でもあなたがお見舞いにいらしたことはお伝えしておきますわ」

他の『神託の乙女』たちのお見舞いも、全く同じ理由で全て追い返してきた継母である。同じようにアマリアさまも撃退《げきたい》しようとしたようだ。

しかしアマリアさまは強かった。

「実はサイラス殿下からエスニアさまの様子を見てきて欲しいと頼《たの》まれたのです。エスニアさまがもう何日も熱が下がらないことを、殿下がとても心配していらっしゃいます。私も殿下に報告しなければならないので、エスニアさまに一目会わせてくださいませんか？」

「お断りします。あの子は病気の時は家族以外の人に会うとパニックを起こすのです。今は家族以外は誰も受け付けません。エスニアもそんな情けない姿を人に見られたと知ったら、きっと後から後悔《こうかい》するはずです」

イラッとし始めた継母の様子が声から感じ取れた。それでも侯爵家という格上の家の令《れい》嬢《じょう》相手なのでまだ抑《おさ》えているようだ。

「では寝ていらっしゃる時でも結構です。ちらっとでも様子を拝見できたらそれで。今エスニアさまは起きていらっしゃいますか？」

「だから他人は入れないって言っているでしょう！　治ったらちゃんとお知らせしますからそれまで待っていなさい！」

継母の忍耐力《にんたい》はここまでだったようだ。

「アマリアさまあ？　それより殿下は今どちらにいらっしゃるのですか？　私、まだ殿下にご挨拶《あいさつ》していなくてえ」

「殿下はお忙しい方なので。でもエスニアさまのことをとても心配されていましたから、近々お見舞いにいらっしゃると思いますよ」

「とにかくお帰りください！　あなたがいらしたことは、ちゃんとエスニアにお伝えしますから！」

そう言うと、バタン！　と乱暴に扉の閉まる音がした。

あのアマリアさまを閉め出すとは、なかなか継母も強気だな。

「お母さま！　殿下がここに来るかもって！」

「めいっぱいおめかししないといけないわね！　最高に可愛くしないと！」

「ああどれがいいかしら！　お母さま、どのドレスが一番良いと思う？」

なんだかきゃっきゃと盛り上がり始めた継母と異母妹だった。

見舞いに来たのに着飾《きかざ》った家族が出てきたら、相手がどう思うかということは考えないらしい。

私もいいかげんクローゼットに住むことに飽きたので、これからどうしようか考え始めた。

さすがにあの二人も王太子殿下が来たら閉め出すことはできないだろうし、しないだろう。

どう言い訳するのだろうか。

そんなことを考えていたら、またふとサイラス殿下の顔が浮《う》かんだ。

あまりに暇《ひま》を持て余していたせいでこの三日間、ふとした瞬間《しゅんかん》にすぐに顔が浮かぶようになってしまった。

殿下の上品な外面笑顔《えがお》、殿下のふと見せる嬉《うれ》しそうな顔、殿下のあの研究室での寛《くつろ》いだ様子……。

一ヶ月も毎日会っていたからか、すっかり今世のあの人の表情もたくさん覚えてしまったようだ。

彼が私を心配してくれた。

そう思うだけで、温かな気持ちがあふれてくる。

彼に、会いたい。

もう何日も会っていない。

私を見た時の彼の笑顔が見たかった。

私の名前を呼ぶ彼の声が聞きたかった。

ニア、と呼ぶ時の彼の声が、私を見つめるその目が好きなのだと私は思った。

彼に会いたい。

三日も離《はな》れるのがこんなにも寂しくて辛《つら》いなんて知らなかった。

ああ私はどうして今まで、この先彼と別れても幸せな人生を送れるなんて思っていたのだろう……？

「……はあ……」

私は大きなため息を一つついてから、あーあと天を仰《あお》いだ。

気がついたら、あちらに行くも地獄《じごく》、こちらに行くも地獄になっていたとは。

でも。

それなら一人で耐《た》える地獄よりも、二人で頑張《がんば》る地獄の方がまだマシだ。

アマリアさまの問題が解決したのなら、そろそろ私が動いてもいいかもしれない。

私は立ち上がると、ドアをたたいて大きな声で言った。

「お継母さま、お手洗に行かせてくださいな！」

「あ、そういえばお継母さま。最近はよく眠《ねむ》れています？　もしかして寝不足《ねぶそく》ではありませんか？」

私は用を済ませてクローゼットに戻る途中《とちゅう》で、いかにも今思いついたといった感じでそう声をかけてみた。

継母はイモジェンに寝室《しんしつ》のベッドを譲《ゆず》って、自身は私の監視のためだろう、この居間に簡易ベッドを持ち込んで寝ている。

しかし実家の贅沢《ぜいたく》なベッドに慣れている継母には、簡易ベッドの寝心地《ねごこち》は悪いだろう。

そのため寝不足になっているのでは、そう思ってカマをかけたのだ。

すると継母は、

「よけいなお世話よ！　それもこれも、みんなあんたのせいでしょう！」

そう言って私を睨《にら》んだ。

思った通りだ。

なので私はさも善意です、という顔をして言った。

「実はベッドの横にあるタンスの引き出しに薬草が入っているのです。調合すると安眠《あんみん》用のハーブが出来るのですが、お作りしましょうか？」

「そんなものがあるなら早く言いなさいよ！　さっさと作りなさい。でも少しでもおかしなことをしたらタダじゃすまないからね！」

「もちろんですわ」

私はにっこりと微笑《ほほえ》んでから、ベッドの横のタンスに近づいた。

引き出しを開けて薬草をいくつか取り出す。

そしてその薬草を机の上で手早く調合して軽く揉《も》んだ。

「なんで引き出しにそんな草なんて入れているの。おお嫌だ、土いじりなんて貴族のすることじゃあないわ。やっぱり卑《いや》しい子は違《ちが》うわね！」

そんなことをブツブツ言いながら、継母はそれでも私のことを見張っている。

「出来ましたわ。これを布の袋《ふくろ》に入れて枕元《まくらもと》に置くと、よく眠れるようになります。乾《かん》燥《そう》したらお茶にもなりますので、よかったらお茶も淹《い》れてみてくださいね。実は食べることもできるんですよ」

お腹が空いているせいで、つい余計なことまで言う私。

「なんて野蛮なの！　草をそのまま食べるだなんて……！　そんなの卑しい平民だってしやしないわよ。これだから品性のない人間は！　ふん！　もう戻りなさい！」

「ええ～これとかなかなか美味《おい》しいんですよ？」

そう言いながら私は薬草を握《にぎ》りしめつつ渋々《しぶしぶ》を装《よそお》ってクローゼットに戻った。

扉の外でガチャリと鍵のかかる音がする。

「さて」

早速《さっそく》継母の目から逃《のが》れて自由になった私は、クローゼットの中でも一人で着やすそうなシンプルなデイドレスに着替《きが》えた。

そうしてさりげなく手に持っていた薬草を床に並べ、必要なものをまとめる。

次にクローゼットの中にあったハンカチを取り出した。

本当はもっと小さな布で十分なんだけれどハンカチより小さな布が見つからなかったので、ハンカチを使うことにする。

ハンカチに薬草を載《の》せ、軽く包むと魔力《まりょく》を込《こ》める。

そしてそのハンカチと薬草に向かって小さく声をかけた。

「サイラス殿下に届け。『助けて』」

この薬草の量では、これが精一杯《せいいっぱい》だろう。

そしてその薬草を包んだハンカチを、手の平の上で魔法《まほう》で燃やした。

ぽっと火が上がって、ハンカチと薬草は煙《けむり》を上げながらあっという間に燃《も》え尽《つ》きた。

だけれど煙はしばらくクローゼットの中を漂《ただよ》い、そのうちすうっと扉の隙間《すきま》から出ていった。

前世でよくやっていた伝言魔法だ。

もっとちゃんとした材料と量を使えたら、もう少し言葉を込められたんだけど。

それでも私が困っていることくらいは伝わるだろう。

しばらくすると、がやがやと騒《さわ》ぎが近づいてくるような気配が聞こえてきた。

来たかな？

そう思ってクローゼットの扉に耳をつけて聞いてみると。

「どなた……ええ⁉　イモジェン！　イモジェン……！　大変よ！　サイラス殿下がいらっしゃったわ！」

驚き慌《あわ》てる継母の声がした。

だがその声に被《かぶ》せるように、威圧《いあつ》的な声がした。

「もう何日も熱が下がらないとか。なのになぜ医者に診《み》せないのです？」

それは、サイラス殿下の声だった。

少しいらついているようだ。

それに対し、イモジェンが無邪気《むじゃき》に話しかける声も聞こえてきた。

「きゃあ！　ああびっくりした……！　まあ殿下！　はじめまして！　私、エスニアの妹でイモジェンと申しますぅ！　エスニアお姉さまの看病をしております！　私、お姉さまが心配で心配で……ううっ、ひっくひっく」

なんだか泣きマネを始めたぞ。

「まああイモジェン……なんて優しい子でしょう。この子はエスニアが心配で、つきっきりで看病しておりますのよ。とても優しい子なんです。でもイモジェン、あなたも疲《つか》れたでしょう。少し息抜《いきぬ》きしていらっしゃい。きっと殿下が王宮を案内してくださるわ」

「まあ……殿下、いいんですかあ？」

なんだか小芝居《しばい》が繰り広げられているようだ。

継母は「王太子は運命の『神託の乙女』に会うと一目で恋に落ちる」という言い伝えを信じている。

だからとにかく王太子にイモジェンを一目でも見せれば、王太子はイモジェンに夢中になると本気で思っているようなのは、ここ数日の二人の会話から察せられた。

もう、サイラス殿下はイモジェンに夢中なはず！

おそらく今、継母はそう確信していると思う。

しかし、サイラス殿下の声は通常、いやいつもより厳しい声になっていた。

「私はエスニア嬢《じょう》のお見舞いに来たのですよ。エスニア嬢は奥ですか？　熱はどれくらい？　今は起きていますか？」

「む……娘は今寝ているのでございます！　あの子は熱で弱った姿を家族以外に見られるとパニックになるので、殿下にそんな姿をお見せすることはとてもできません！　それに病気をうつしてしまうかもしれませんし！　ずっと寝ているからもう髪《かみ》もぼさぼさで、本当に酷くて！　そんな姿を殿下にお見せしたら、私が後からエスニアに叱《しか》られます！」

継母が必死に言い繕《つくろ》うのが聞こえた。

私はベッドにいないので、殿下にベッドを見られたら大変だと焦《あせ》っているのだろう。

「殿下ぁ？　もしよろしければ、姉の状態は私が説明します！　私が看病しているので、なんでもお聞きください！」

「まあまあイモジェン、ぜひそうなさい。エスニアは今はとても殿下にお会いできるような状態ではありません。せめて先触《さきぶ》れがありましたら身なりを整えることもできましたのに、こんなに突然《とつぜん》では……。ちゃんと見られる状態で殿下のお見舞いを受けるようにしないと、後で私があの子に酷く叱られるのです。お願いですからご理解くださいませ」

しおらしく話す継母。

とりあえず二人の虚言《きょげん》は揃《そろ》ったので、私はすうっと息を吸ってクローゼットの扉をバンバンとたたきながら大声で叫《さけ》んだ。

「殿下！　私はここです！　助けて――」

「ああああああああ!!」

しかしその声は、突然発せられた継母の叫び声でかき消されてしまった。

同じ声量だったとしても、扉の向こうにいる私の声よりも殿下の目の前にいる継母の声の方がはるかに大きかっただろう。

「助けて！　私はここよ！」

「エスニアああ！　ああもう起きてしまったの！　お願いだから静かにして！　申し訳ございません殿下！　娘が起きてパニックになったみたいで！　イモジェン！　早く殿下を

外に！　殿下に聞かせてはいけないわ！」

そう大声でまくし立てる継母の声が、私の言葉を全てかき消してしまった。

「殿下！　お姉さまはパニックを起こしたのですわ！　妄想《もうそう》が酷くていっつもああやって叫ぶんです！　もうきっと頭がおかしく――」

「殿下！　危険です！　暴れ――一旦《いったん》医者――」

「あああああああ！　エスニアああああ！　お願いだから大人しくしてえええ！」

イモジェンがさらりと失礼なことを言ったと思ったらアルベインさまの声が聞こえ、その全てに継母の叫びが重なる。

そんな阿鼻叫喚《あびきょうかん》の中でバタン！　と扉が閉まる音がした。

「とにかく今は困ります！　あんな状態の娘をご覧に入れることはできません！」

と最後に継母が叫んでいた。

そしてすぐにクローゼットの扉が乱暴に開く。

怒りの形相の継母の手には、部屋の装飾《そうしょく》として置かれていた重たそうな金属製の聖母子像が握られていた。

「あのそれ、王宮の備品――」

「あんたは！　騒ぐなって言ったでしょう！　なんでそんなにイモジェンの邪魔《じゃま》をするの！　王太子に選ばれなかった負け犬のくせに！　仮にも姉なら可愛い妹の幸せを手助け

するのが普通《ふつう》でしょう！　なんて恩知らずなの！」

そう言うのと同時に、継母はその聖母子像を私の頭に思いっきりたたきつけた。


何発殴《なぐ》られたのかは覚えていない。

頭だけでなく肩《かた》や腕《うで》にも聖母子像は容赦《ようしゃ》なく降ってきた。

かろうじて顔は手で防御《ぼうぎょ》したけれど、そのせいで体のあちこちが痛かった。

私はこの継母を見くびっていたらしい。

もう少し用意周到《しゅうとう》にした方がよかったのだろう。

私はふたたび閉じ込められたクローゼットの床で体を休めようと横になった。

温かな毛皮のコートに潜《もぐ》り込《こ》む。

とにかく休んで体の痛みを取りたかった。

しばらくしたら、ぷんすかと怒っているイモジェンの声と激怒《げきど》している継母の声がしたけれど、何を言っているのかはわからなかった。

私はひたすら痛みをこらえているうちに、いつしか眠ってしまったようだ。

サイラス……サイラス……ごめん失敗した……会いたかったのに……。

会いたかった……サイラス………。

突然の衝撃《しょうげき》ではっと気がついたら、真っ暗だった。

体が何かで覆《おお》われていて、全く動かすことができない。

そんな状態のまま、私はどさりとどこかに落とされたようだった。

体がぎしぎしと圧迫《あっぱく》されて、継母に殴られた痕《あと》もあるのであちこち痛い。

ぼそぼそと話し声が聞こえてきた。

「どこか川にでも捨てろってさ」

「川ぁ？　最近は王都で川に物を捨てるといろいろとうるさいんだよう。捕《つか》まったらたっけえ罰金《ばっきん》が取られるんでさあ。割に合わねえ」

「なら王都の外で捨てればいいだろう。とにかくどこかに捨てればいいんだから簡単な仕事だろう？　ただし見つからないようにしてくれってさ」

「簡単に言ってくれるねえ旦那《だんな》。そんな綺麗《きれい》なお仕着せ着て偉《えら》そうに言うけどさあ、これ、死体だろ？　俺《おれ》だって危ない橋渡《わた》りたくねんだけどなあ。川だと死体が上がるしなあ」

「……死体？　ただの絨毯《じゅうたん》だろう。ただちっとばかしまずいところのものだから、汚《よご》したのがバレるくらいなら最初からなかったことにするんだってよ。とにかく証拠《しょうこ》がなきゃあ罰《ばっ》せられないからってさ」

「なに言ってんでさあ。こういうのは中に死体があるのが定番じゃねっすか。なんなら開けてみます？　そんかわり死体が入っていたら料金三倍はもらいますぜ？」

そう言われた依頼主《いらい》は怖《お》じ気《け》づいたのか、そのまま開けない道を選んだようだ。

交渉《こうしょう》が成立したらしく、しばらくするとガタガタと揺《ゆ》れ始《はじ》めた。

これは……馬車？

何も見えない暗闇《くらやみ》の中で、私はなんとか状況《じょうきょう》を把握《はあく》しようとした。

私は王宮にいたのではなかったか。

それが、どうしてこんな状態で外にいるのだろう？

そう思った後に、なんとなくいろいろ繋《つな》がった。

きっと継母だろう。どうやったかはわからないが、とうとう私を本当に捨てたのだ。

あの騒ぎがあったから、王太子の命令でやってくるであろう医者を継母はもう追い返せないと考えでもしたのだろう。

となると嘘《うそ》がバレる上に私に暴力をふるったのもバレる。

――バレるくらいなら最初からなかったことにするんだってよ。

そう言っていた「お仕着せの男」の言葉を思い出した。

つまり私がいなくなったことにでもしようとしたのだろう。

今頃《いまごろ》は、私が「パニックを起こして勝手に出て行った」とでも言っていそうだな……。

絨毯と言っていたから、おそらく私は、私の部屋に敷《し》いてあった絨毯にくるまれている。

このまま川に捨てられたら……。

すうっと恐怖《きょうふ》が背筋を伝った。

このまま川に捨てられたら、私は身動きができないまま溺死《できし》してしまうだろう。

(幸いすぐに捨てられることはなさそうだけれど……)

馬車で王都を出るまでどれくらいかかるだろうか。

一日？　半日？　もっと短い？

この馬車を操《あやつ》っている男は、私を死体だと思っている。

もしも死体ではないとわかったら、どうするだろうか。

何もしなかったら、そのうちこのまま川に捨てられてしまうだろう。

でも生きていると知られても、そのまま川に捨てられてしまうだろう。

私は悩《なや》んだ。殺されるのも、暴行され売られるのも嫌だ。

人のいるところ、人の目があるところで生きていることを知らせようか。そうすれば襲《おそ》われる可能性は低いのではないか。

しかしそう思って少し待ってみたのだが、一向に周りに人の気配がしてこない。

あまり時間がかかってしまうと、王都の中心部からどんどん離れて人も少なくなってしまうかも。

そんな悩んでいる時だった。

ちりっと、体に魔力を感じた。

ほんの一瞬《いっしゅん》だったけれど、たしかにそれは魔力だった。

この魔法の失われた世界で魔力を感じたということは。

その時私は直感で理解した。

（サイラスが私を捜《さが》している……！）

そう思った瞬間《しゅんかん》、私に勇気が湧いてきた。

サイラスが捜しているのだから、私はなんとしても応えなければ……！

「ちょっと！　そこのおじさん！　私をここから出して！　聞こえる？　私を助けて！」

私は絨毯の中で、思いっきり叫んだ。

しかし馬車は止まらない。

聞こえていないのか、聞こえないことにしているのか。

ガタガタと大きな音を立てて馬車は進み続ける。

しかし私は諦《あきら》めるわけにはいかないのだ。

サイラスが待っているから。

このまま捨てられて死ぬわけにはいかないのだ！

「ちょっと！　この馬車を止めてって言ってるでしょう！」

私は必死に大声を出した。

私はずっと、のんびりとした平穏《へいおん》な生活に憧《あこが》れていた。

なのにそんな唯一《ゆいいつ》のささやかな夢さえも叶《かな》えられず、前世よりもさらに早死になんてしたくない。

——僕《ぼく》はもう、二度と君を見送りたくはないんだ。

そう言っていたサイラスの顔が思い出された。

——僕は君に、もう二度と置いていかれたくない。

そう言って私を見つめた、切なそうなサイラスの目を思い出す。

(死ぬわけにはいかない。また彼を置いていくわけにはいかない……！)

せっかく。

せっかく覚悟《かくご》を決めたのに。

せっかく、やっと心を決めたのに……！

なぜ今死なねばならないのか。なんて理不尽な。

そう思ったら怒りが湧いてきて、私はさらに大きな声で叫んでいた。

「ちょっと‼　止まってってば‼　止まれ！　とにかく馬車を止めて！」

気がつくまで永遠に騒いでやるとひたすら叫んでいたら、そのうちやっと馬車の速度が落ちてきた。

「そう！　そのまま止まって！　そして私をここから出して‼」

声を嗄《か》らして、必死に叫ぶ。

死ぬくらいなら喉《のど》の一つや二つ、潰《つぶ》れたって構わない。

そんな覚悟で叫んでいたら、とうとう馬車が止まった。

「私を出して！　ここから出して！」

「なんでぇ……生きてるんか。しかも女……？」

馬車を操っていた男が、馬車を降りて私をくるんでいる絨毯に近づいてきたようだ。

「早く出して！　とにかく出して！」

「おい、生きてるんだよな？　死体がしゃべってるんじゃねんだよな？」

「生きてる！　生きてるから！　ぴんぴんしてるから！」

必死に生きていると主張して、やっと私は絨毯の拘束《こうそく》から解き放たれた。

絨毯から転がり落ちた私は、急いで立ち上がった。

もう周りはすっかり夜だったが、月と星が明るかったのでなんとか視界は確保できた。

「うわ、本当に生きてたんか！　こりゃたまげたな⁉」

そう言って驚いている男は、あまり身なりの良くない、いわばならず者のように見えた。

私はその男に向かって、できるだけ優雅《ゆうが》に見えるようにお辞儀《じぎ》をした。

「助けていただいてありがとうございます。私はエスニア・カーライト伯爵令嬢《はくしゃくれいじょう》です。

どうやら私は騙《だま》されて殺されようとしていたようです。あなたに助けていただいて、大変感謝しています」

できるだけ威厳《いげん》をもって、いかにも貴族といった素振《そぶ》りをできるだけ出して言う。

なぜなら貴族を殺したり暴行したりしたら、平民はみな死罪になるからである。

ついさっきまで絨毯の中から、ここから出せとかとにかく馬車を止めろとか、乱暴な物言いをしていたことは一旦忘れてくれるといいな。

とにかく今その貴族という身分が、私の身の安全を守ってくれることに必死で賭《か》けた。

しかしこの男は、身なりは悪くても極悪人《ごくあく》というわけではなさそうだ。

「あ～……あの男もお仕着せ着てたってこたあお貴族さまの使用人ってことだしなあ。あーまたやべえもの引き受けちまったわな……なんか今日は不吉《ふきつ》なことばかり起こんなぁ……」

それはもう困ったという顔をする男。

しかしいきなり襲ってきたりはしないと踏《ふ》んだ私は、すかさず言った。

「私は王宮から連れ去られました。私を王宮に帰してくださったら、きっと国王陛下からたくさんのお礼がもらえるでしょう」

だから私を王宮へ連れていって。そう言ってみたのだが。

男は頑《かたく》なにそれを嫌がった。

「そりゃ無理ってよ！　王宮になんてのこのこ行って、俺がお嬢さんの誘拐犯《ゆうかいはん》として逮捕《たいほ》されたら俺の人生が終わっちまうじゃねっすか！　とんでもねえよ！　冗談《じょうだん》じゃねえ！　俺はこの絨毯を捨てる仕事を引き受けただけさあ。その料金しかもらってねんだからお嬢さんは勝手にどっかに行ってくだせえ！　そんな危ない橋、渡れっか！」

しかし夜に女が一人で歩いて王宮に向かうのも危ないのだ。

「その十倍を払《はら》うわ。だから私を王宮まで――」

私がさらに説得をしようとした時だった。

パアーッ！　と、空が一瞬光った。

「ひゃあ～！　またかいな！　まさか世界が終わっちまうんじゃねんだろな⁉」

男はそう言っておろおろしていたが、思わず空を見上げた私は見た。

大きな大きな魔法陣《まほうじん》が、一瞬夜空に浮かび上がったのを。

それは次の瞬間には消えてしまった。

ほんの短い、一瞬の出来事。

だけれど私は反射的にその魔法陣を読み取った。

あれは……迷子札……？

見たこともないほどの大きさの、だが。

でも普通《ふつう》迷子札って、空に浮いたりしないはずなんだけど……？

だけれどたしかに、あれは迷子札の魔法陣だった。

「……」

どうやったらあんなに巨大《きょだい》にできるんだ？

私がそこまで思った時、あの魔法陣の残り火のような小さな光が、空からひゅうんと私をめがけて降ってきた。それはまるで流れ星のように。

そして私にぶつかると、ぱあんとはじけて私の周りをくるくると回った。

サイラスの魔力が、光とともに私を包む。

（ああ、今、サイラスが私を見つけてくれた……！）

私は心地《ここち》よい彼の魔力に包まれて、心から安堵《あんど》した。

きっと、もう大丈夫。

「ありがとう、サイラス」

私がそう呟《つぶや》くと、私の周りを回っていた光がすうっと集まって、目の前にサイラスの姿を浮かび上がらせた。

私がずっと会いたくて仕方がなかったその姿が、まさにすぐ目の前に淡《あわ》い光をまとって微笑んでいた。

「サイラス。私を見つけてくれてありがとう」

私が改めてそう言うと、光のサイラスは弱々しく、でも嬉しそうに微笑んだ。

──見つかってよかった……もう死んでしまったかと……生きた心地がしなかった……。

「私は大丈夫よ。とっても元気。それより私はあなたが心配よ。あれほどの大魔法、魔力の消費がとんでもなかったはずよ」

──はは……さすがにもう動けそうにない……でもやるしかなかった……。

そう言うサイラスの姿が、弱々しく揺らめいた。

まずい。これは完全に魔力切れを起こしている。

「ちょっと大丈夫？　私が帰るまで生きていてよ？」

思わず私が冗談ぽくそう言うと、サイラスは弱々しく一瞬笑った……ような気がした。

そしてふわりと私に優しいキスをすると、そのまま力が尽きたようにふっと姿が溶《と》けてまた光の粒《つぶ》に戻ってしまった。

（サイラス……？）

「ひいぃ……！　き、消え……光……お嬢さん、光って……！」

さっきまでおろおろしていた男が腰を抜かして怖いものでも見るような顔をして私を見ていた。

男が怖がるのも無理はない。私はサイラスの大魔法が残した光をまとっているのだから。

だけれどもう、光にサイラスの意志はどこにも感じられなかった。

ただ気を失っただけならいいけれど……まさか……まさか……。

とてつもない恐怖が心の底から湧き上がる。

と、ちょうどその時たくさんの蹄《ひづめ》の音がして、サイラスが送ったらしい捜索《そうさく》隊の人たちが急いでこちらに向かってくるのが見えた。

「エスニアさま発見！　エスニアさまを発見しました！」

「ほんとにいたぞ！　殿下が仰った通りだ！」

「エスニアさまご無事ですか！　お怪我《けが》は⁉」

そう聞きながら近づいてくる隊長らしき人を見た途端《とたん》、私は大きな声で叫んでいた。

「馬を！　一番速い馬を！　私を馬に乗せて！　急いで王宮に帰らなきゃいけないの！」

私が早馬に乗せてもらって急いで王宮に帰るとアルベインさまが待ち構えていた。

そして私を見るや「エスニアさま！　こちらです！」と私に気が遠くなるほどの階段を上らせた。

アルベインさまの説明によると、私が消えたとわかった時、サイラスはまず私の作った迷子札を試したそうだ。

「ですが殿下が……『迷子札が反応しない』と……殿下が愕然《がくぜん》としてそう仰った時の顔がまさに絶望というお顔で……『ニアが作ったものだから、世界のどの迷子札よりも優秀なはずなのに』と……」

アルベインさまは階段を上りながらも、荒い息の中で説明をしてくれた。

実は迷子札は、捜す迷子が死んでしまうと反応が悪くなる。

探知するべき迷子の魔力が弱くなってしまうからだ。

サイラスはそれを知っていたから、きっとその可能性を感じてしまったのだろう。

「私は絨毯にくるまれていたの。分厚い絨毯で何重にもくるまれていたから……しかも距離がありすぎたのよ」

王宮で使うような、目の詰まった分厚い絨毯だったことが仇《あだ》になったのだろう。

しかもおそらく、すでにもう迷子札で捜すようなご近所程度の距離よりも遠かった。

その結果、普通の迷子用に作られた迷子札では力不足になったのだ。

そのためサイラスは自ら迷子札を媒体《ばいたい》にして空に捜索魔法を打ち上げることにしたらしい。

サイラスはその場で動かせる全軍を捜索に回すことを決め、簡単な指示をした後王都全域に隙なく散らばるように命令したという。

同時にアルベインさまたち側近にこれから発動させる魔法とその対応を説明してから、城の一番高い塔《とう》に上りその最上階の部屋に閉じ籠《こ》もってしまったという。

「光の落ちたところにエスニアがいる。全軍直ちに急行してエスニアを……その生死に関わらず連れて帰れと、サイラス殿下は仰いました。その時の殿下の悲痛なお顔がもう……

もう直視に耐えず……エスニアさまがお帰りになられて本当に、本当によかった……っ」

アルベインさまが半泣きになっていた。

半泣きで階段を上りながらも必要な経緯《けいい》をしっかり説明してくれるところが、さすが優秀な側近だ。

「光は落ちたでしょう？　私は見つかったのに、どうして誰も殿下を部屋から助け出さないの？　どうしてまだ塔の上にいるの」

「それが部屋の扉が開かないのです……どんな大男が開けようとしてもびくともしないのです！　私は殿下が部屋に入る時に仰った言葉が気になって……もう心配で……」

「彼はなんて言っていたの？」

「『エスニアを失って自分だけが生き残るつもりはない』と……」

「そして出てこないのね？」

「はい……あの時殿下は、魔法を空に打ち上げるが、万が一それで効果がなかった時のみ時間をおいて二回目を打ち上げると仰ったのです……ただ二回打ち上げるとおそらく動けなくなるだろうから……その時は私に全権を託《たく》すと仰って……なのにまさか三度なんて……！　そんなことは全く仰っていなかったのです……！」

彼の魔力量ではあの大魔法は二度が限界だったということだ。

なのに二度打ち上げても私の反応がなかったのか。

ああ、私があの絨毯からもっと早く出ていれば……！

息も絶え絶えに塔の天辺《てっぺん》まで上りきると、そこには何人もの男たちがいて、どうにか扉を開けようとしているところだった。

「どいて！　私を通して！」

「エスニアさまです！　通しなさい！」

その声でさあっと人が割れ、私は扉の前まで行くことができた。

「どんなに頑張っても全く動かないのです」

汗《あせ》だくの男が言った。

見たところ何の変哲《へんてつ》もない扉だった。

なので、私はそのノブのところにさっと手を当てて魔力を流し込んでみた。

すると、ぼうっと魔法陣が浮き出して、魔法で施錠《せじょう》されていることがわかった。

そのやたらと複雑な魔法を即座《そくざ》に解き始めながら、私は思った。

なんでたかが魔法錠にこんな複雑な魔法を使うのよ。なんなの元大魔術師の意地なの？

何やってんの。

この期に及んで、なんでこんな面倒な仕掛けまでしているの……！

そう思った時、彼が言ったという「エスニアを失って自分だけが生き残るつもりはない」という言葉を思い出した。

同時にふっ、と安心したように微笑んで消えた光のサイラスの姿も。

魔術師が自分の使える魔力量をはるかに超えて使いすぎると、時には生命活動のための生命力までもが魔力に変換されて使い果たされてしまうことがある。

もちろんその先にあるのは、死だ。

昔もそれほどある事故ではなかったけれど、聞いたことはあった。

この部屋に入る時、サイラスは万が一私が見つからなかった時は力尽きるまで全ての魔力を使ってあの大魔法を打ち上げる覚悟だったのかもしれない。

――前世の全てを懸《か》けてやっと……やっと君にまたこうして会えたのに。

そう言っていたサイラスの悲しそうな顔を思い出す。

再会するためだけに前世の残りの人生を費やして、やっと再会したのにまた私が早死にしたかもしれないと思ったら。

……私が死んでいたら、このまま自分もこの部屋の中で死ぬつもりだったわね？

部屋に誰も入れなくして、魔力を使い果たして静かに冷たくなるつもりだったわね⁉

「……そんなことは、させないんだから！」

私は思わずそう叫ぶと、まどろっこしくなって一気にその魔法錠に大量の魔力を入れて破壊した。ああ魔力の無駄遣い。でもいいの！

パリンと小さな音がして、ノブを掴《つか》むと扉が開いた。

サイラスは部屋の中央で魔力を使い果たして倒れていた。

私は倒れているサイラスに駆《か》け寄《よ》ると、彼を抱《だ》きしめて急いで魔力を補充《ほじゅう》した。

（よかった……！　生きてる……！）

夜風にあたって冷えてはいたが、なんとかまだ心臓は弱々しくも動いていた。

彼の幻影《げんえい》が力尽きて消えてから、一時間ほどが経っていた。

魔力を補充して意識を回復したサイラスは私を見て嬉しそうに幸せそうに、私の肩に頭を預けて弱々しく呟いた。

「ニア……生きていてよかった」

「うん。見つけてくれてありがとう。おかげで無事に帰って来れたわ」

両腕でサイラスを抱きしめた。強く、強く。

「……また君を失ったのかと、本当に恐《おそ》ろしかった。君が生きていてくれて、帰ってきてくれて……こんなに幸せなことはない」

「うん、私も、またあなたに会えて嬉しい。もう会えないのかと思ったらとても悲しかったから」

「ああニア、愛している。ずっとそばにいて欲しい。また君を失うなんて……もう耐えられないんだ……」

「そうね。私も思ったの。あなたと離れては生きられないって。いつの間にか私も、あなたとずっと一緒にいたいと思うようになっていたみたい」

「ああ……ずっと一緒に……今度こそ、一生……ニア、愛している……」

「うん。私も。私も愛してる。だから一緒に長生きしようね」

私がそう言うと、サイラスは安心したようにまた眠りについた。

エピローグ　後日談

あのサイラスを永遠に失ったかもしれないと思った時の、絶望的な恐怖《きょうふ》を思い出すたびに私は今でも泣きそうになる。

あの日サイラスが発動した大魔法《だいまほう》は、聞けば聞くほどさすが元大魔術師《まじゅつし》と思わされる、とてつもない大魔法だった。

普通の魔法はだいたい本人が見えている範囲《はんい》で効果が出るのが一般《いっぱん》的なのに、なんと今回は王都を一気に全て覆《おお》ったのだという。

しかもそれを三回も発動させた結果、サイラスは体中の魔力《まりょく》を使い果たして三日三晩寝込《ねこ》むことになった。

しかし私がつきっきりの看病と魔力の補充《ほじゅう》をした結果、幸いなことにその後は完全に回復したので心からほっとした。

私がやっとサイラスの寝室から出た時、もう継母《ままはは》は牢《ろう》に入れられ、イモジェンは強制的に実家に帰らされた後だった。

今回は継母の妄想の末の単独犯行ということになったようだが、実家への影響《えいきょう》はまだわからない。

ただ激怒《げきど》したらしい父が継母と離婚《りこん》すると知らせてきたから、サイラスに家だけはなんとか残してもらえるようにお願いしてみるつもりだ。


「あの時はサイラス殿下《でんか》が悪魔のような形相でエスニアさま捜索《そうさく》の指揮をとっていて、本当に恐《おそ》ろしかったですわ……」

エレナさまは、今でも思い出してはよくそう言っている。

「珍《めずら》しく感情的になって、あの元カーライト伯爵夫人《はくしゃくふじん》に怒鳴《どな》っていましたものね。もしエスニアが死んだらお前の一族郎党《いちぞくろうとう》全てを殺してやる！　って」

フローレンスさまが、目をくるりと回して言った。

「イモジエンさんも泣いていましたけど、同情はしませんわ。あの方、すっかりサイラス殿下に見初《みそ》められるつもりであからさまに私たちを見下していたし、なによりアルベインさまにまでベタベタと馴《な》れ馴《な》れしくて……！　ま、アルベインさまは全く相手にしていませんでしたけど！」

とエリザベスさまが思い出してはぷんすか怒《おこ》り。

「でもあの元カーライト伯爵夫人、まさかタイタンの従者のお仕着せを手に入れていたとはね。洗濯《せんたく》場から盗《ぬす》んだらしいから、それが用意周到《しゅうとう》だということで罪は重くなるはず。

でもタイタンのものが悪用された事実は変わらないから、レイが申し訳ない、今後はより管理を徹底《てってい》させると謝っていたわ」

アマリアさまが真剣《しんけん》な顔でそう伝えてくれた。

結局あの誘拐《ゆうかい》の真相は、継母がタイタンの従者のお仕着せを盗んで自分の使用人に着せ、絨毯《じゅうたん》にくるんだ私をゴミだと言って王宮の外に運ばせ捨てさせようとした、ということらしい。

外国の王族の従者の行動を詮索《せんさく》するのはなかなか難しいから、「不要な汚《よご》れ物を捨てに行く」と言われて通してしまったとのことだ。

「大変お騒《さわ》がせしました……」

仮にも継母が騒動《そうどう》を起こしたことで、私の肩身《かたみ》がとても狭《せま》い。

だけれどみんなが揃《そろ》って「何を言っているの。悪いのは元カーライト伯爵夫人であって、エスニアは被害《ひがい》者じゃないの」と言ってくれることが嬉《うれ》しかった。

私たちはやっとまた、五人でゆっくりお茶ができるようになった。

それがとっても嬉しくて。

「それにしてもアマリアさまもエスニアさまも、無事ご結婚《けっこん》が決まって本当によかったわ」

そう嬉しそうに言ってくれたエレナさまも、エレナさまの愛するダルトン伯爵《はくしゃく》家の次男アルフレッドさまとの結婚が決まったそうだ。

どうも最近になって前々から評判の悪かった長男サルトルのとんでもない不祥事《ふしょうじ》が発覚し、ダルトン伯爵家は長男サルトルを勘当《かんどう》して跡継《あとつ》ぎに次男アルフレッドさまを据《す》えることにしたそうだ。

するとそれを聞いたエレナさまのご両親が、手の平を返してあっという間にアルフレッドさまとの婚約《こんやく》を整えたそうで。

エレナ様は前にも増してとても幸せそうなお顔をするようになっていた。

「私はまだ完全に決定というわけではないのだけど……でも結婚できるといいなって、思っているのよ」

そう言って頬《ほお》を染めるアマリアさまも、今まで見たこともないような幸せそうな顔をしていた。

アマリアさまは近々、マルク・レイ王子と一緒《いっしょ》に王子の婚約者として隣国《りんごく》タイタンに行くことになっている。

マルク・レイ王子はアマリアさまが『神託《しんたく》の乙女《おとめ》』に選ばれたと聞いた瞬間《しゅんかん》にはもうアマリアさまに求婚《きゅうこん》すべく行動に移していたという話だ。

報告を聞いたその場で立ち上がり、すぐさま国王に結婚の許可をもらいに向かったという。

だがその許可が下りるのに時間がかかってしまい、迎《むか》えに来るのが遅《おそ》くなったとアマリアさまに誠実に謝ったという話を聞いて、私たちはアマリアさまを心から祝福することができた。

きっと悪い人ではないのだろう。それにとても賢《かしこ》いアマリアさまがずっと密《ひそ》かに愛していた人なのだから、きっと魅力《みりょく》的な人なのだ。

最初にマルク・レイ王子が希望した、アマリアさまが『神託の乙女』を辞退する話は結局、サイラス王太子の婚約とアマリアさまの婚約を同時に発表することで決着したのだそうだ。

それによりアマリアさまは「王太子に捨てられる」ことなく、「サイラス王太子が選ぶ前にマルク・レイ王子との婚約が決まったのだ」という体裁《ていさい》がとれるだろうとのことだ。

かつての支配国に嫁《とつ》ぐのがどれほど大変なことなのかは想像しかできないけれど、それでもとにかくアマリアさまが心から愛する人と一緒になれそうだということを、私たちは喜んだ。

「そうだ、エスニアさまにお守りを作ってもらってはどうかしら？　何か、タイタンでも幸せになれるお守り」

そんなフローレンスさまの言葉に私は大喜びで賛成した。

「じゃあアマリアさまが無事幸せになれるように、強力な厄除《やくよ》けのお守りを作りましょう。

悪いものを退け、良《い》いものをたくさん引き寄せるような。もちろん他に欲《ほ》しい効果があればそれも一緒に」

今は手元にラントマベリーもあるから、特別強力なものを作ろうと私は思った。

悪《あ》しきものを全て退けて、アマリアさまが幸せになれるものばかりが集まるような、そんなお守り。

「まあエスニアさま、ありがとう。効果はエスニアさまが必要だと思うものをつけていただけたら。エスニアさまの厄除けのお守りがあったら、きっと暗殺も避《さ》けられるわね。うふふ」

そんな物騒《ぶっそう》なことを平然と言うアマリアさま。

でも嫁ぐにあたって、それだけの覚悟《かくご》をしているということなのだろうと私は思った。

元属国からの花嫁《はなよめ》を快く思わない人物から危害が加えられるかもしれない。そうでなくてもいろいろ嫌《いや》な言葉を投げつけられることがあるかもしれない。

だけれどアマリアさまは、それでも愛する人についていくことにしたのだ。

そんなアマリアさまを応援《おうえん》したい。

今晩あたりまた厨房《ちゅうぼう》を借りて、魔法を煮《に》ることにしよう。

ふふ……楽しみだわ……！

そんな怪《あや》しげな笑《え》みを浮《う》かべる私を見て、エリザベスさまがしみじみと言った。

「それにしてもエスニアもよかったわ。もう私、エスニアが本当にお断りしちゃったらと思ってはらはらしていたのよ～」

「ああ……うん。まあ……今はそんな人生もいいかなって……ね……」

改めてそんな風に言われると照れてしまう私がいる。

だけれどなんだか幸せな気分にもなって。

きっと私も今、他の四人と同じ幸せそうな顔になっている。

「ああニア、ここにいたんだね」

その時なにやら書類を手にしたサイラスがやってきて、私の頬にちゅっと軽いキスをしてから周りを見回して笑顔《えがお》で言った。

「みなさんも」

「サイラス殿下！」

サイラスはいつもの完璧《かんぺき》外面を完全に復活させていて、今日もいつもの微笑《ほほえ》みが眩《まぶ》しい。

「ああ、こうして『神託の乙女』のみなさんが仲良くお話ししている光景がもうすぐ見られなくなるのは寂《さび》しいですね。婚約発表の後はみなさんご実家に帰られることになりますが、どうぞこれからも私やニアと仲良くしてください」

「まあ殿下、もちろんですわ！　私たちみんな、ずっと一生親友ですのよ……！」

私たち五人は手を取り合って、その場で生涯《しょうがい》の友情を誓《ちか》い合《あ》った。

たとえこの先遠く離れても、ずっとずっと大好きな友人たち。それはきっとこの先も変わらない。

「そういえばサイラス殿下が魔法を使えたなんて、今回のことで初めて知りましたわ。王太子殿下が魔法を使うなんて、まるでかつて独立を勝ち取ったあの伝説の魔術師のようでさすがは王家と感動しましたの！」

「サイラス殿下はかつてのその魔術師の子孫でいらっしゃいますものね！　それにしても夜空が三回も明るく光ったあの驚《おどろ》きの光景は私、きっと一生忘れられませんわ。あの光が殿下のエスニアさまへの愛の光だったのだと思うと特に！」

フローレンスさまとエレナさまが興奮した口調でそう言っているけれど、実はそれはこの王都に住む全ての人たちの感想でもあるのだと聞いた。

あの後「あれはサイラス王太子が、愛する『神託の乙女』を悪漢の手から救うために放った魔法だったのだ」という話が、なぜかあっという間に王都中に広まったのだそうだ。

だが今は誰も魔法を見たことがないために、あれが天変地異の前触《まえぶ》れだと恐れる人も多かったそうなので、きっとそういう話が広まった方が人々がパニックにならずに済んでよかったのだろうと思うことにしている。

「さすがサイラス殿下ですわね。もう絶対にエスニアさまを手放さないという意志を感じますわ。ええ今もですけど」

アマリアさまがちょっと呆《あき》れたように、今も私の背後から私にくっついているサイラスを見ながら言った。

「エスニアさまはずっと悩んでいらしたけれど、どのみち勝ち目はありませんでしたわね。あんなすごい魔法まで使われてしまったら、きっともうどこに逃げても絶対に捕《つか》まってしまいますもの」

フローレンスさまがころころと笑った。

「でもエスニアさまも魔法が使えたなんて本当に驚きましたわ！　まさかあのお守りも魔法だったなんて！　どうりでお二人とも薬草に詳《くわ》しかったわけですわね。こんなにお似合いなお二人は、きっと国のどこを探してもいないに違いありません！　もうこれは運命なのですわ！」

エレナさまがうっとりしていた。

運命……そうですね、ちょっと作られた運命な気がしないでもないけれど。

「お二人が熱々すぎて、嫉妬《しっと》してしまいますわ～！　でもこうして憧《あこが》れの殿下と大好きなエスニアが結ばれて、私とっても嬉しいんですの！　ああ結婚式が楽しみですわね……！」

なんてうきうき言っているエリザベスさまは、アルベインさまがサイラスの結婚式の直後に自分も結婚しようとしていることをまだ知らない。

「殿下のご成婚《せいこん》の準備でとても自分の結婚式までは手が回りませんので、残念ですが……ええとても残念ですが！　しかし同時進行ならなんとかできるでしょう。私の手腕《しゅわん》を見くびっていただいては困りますよ」

そう言って燃えていたアルベインさまを止める気は、もちろん私にはない。

みんながそれぞれの幸せに向かって、これからは歩み出す。

「みんな実家に帰っても、ぜひ王宮に遊びに来てね。良いのか悪いのか、私は実家には帰れなくなってしまったから」

私の実家はなんと継母の起こした事件だけでなく、ここにきて異母弟《いぼてい》だと思っていたロクサムが父の子でないことまでが判明してしまい、もう阿鼻叫喚《あびきょうかん》の大混乱に陥《おちい》ってしまった。

そのため今の父にはもう、私の結婚式の準備をする余力も気力もなくて。

そのためサイラスと国王陛下のご厚意で、私はこのまま結婚式まで王宮に留《とど》まることになった。

「もちろんよ！　毎日でも来たいくらい！　ああでもそうしたらお二人の邪魔《じゃま》になってしまうかしら……殿下、私たちがしょっちゅうエスニアさまを占領していても、気にしないでくださいね！」

うふふとエレナさまが冗談《じょうだん》ぽくそう笑った時、今まで私の後ろに張り付いていたサイラスがまるで内緒話をするように顔を近づけてきたので、私も反射的にサイラスの方に顔を向けた。

彼の香りがふわりと漂《ただよ》う、そんな瞬間さえ愛《いと》おしくて、思わず私は微笑んだ。

するとサイラスは悪戯《いたずら》っぽい目でそんな私を見つめ、いつもの完璧王太子の外面笑顔のまま、

「では遠慮《えんりょ》なく」

と呟《つぶや》くと、いきなり私の頬に流れるように手を添えて口づけをしたので驚いてしまった。

「あらあらまああ」

呆れたような楽しそうなアマリアさまの声がする。

「殿下としては、全く私たちの存在は気にしないということですわね」

フローレンスさまも呆れているようだ。

「殿下、長いですわ！　吹っ切るにもほどがありましてよ！」

とエリザベスさまがきゃっきゃと笑い、

「たしかに気にしないでとは言いましたけど、少しは私たちのことも今は思い出してくださいませ……」

とエレナさまがおろおろしているようだった。

私はがっちりと顔を固定されているので、もうどうしようもない。

明るい午後の王宮で。

私たちはずっと笑っていた。

残り少ないこの宝物のような時間を惜しみながら。

後日、王宮は正式に「『神託の乙女』五人全員の婚約」を発表した。

私たち夫婦《ふうふ》がこの国の「魔法復興の祖」として歴史に名が刻まれるのは、それからずっと先のことである。

あとがき

この度《たび》は拙著《せっちょ》をお手にとっていただき、誠《まこと》にありがとうございます。

今作は、最初はただ「夫婦《ふうふ》の再会ドタバタ劇」が書きたくなって、特に展開やオチなども考えずに気楽に書き出したお話でした。

本当は短編になるはずだったのです。ええ、短編です。

だからほんの一万字くらいでさくっと終わるはずだったのです……。

なのに気がつけば登場人物が増え、それに伴《ともな》って文字数も勝手に増え、全員があれこれ動くせいで一万字ではとうてい終わらずどんどん成長してしまい。

短編のつもりだったのに、という思いからwebではいろいろ浮《う》かんでいたシーンをカットしすっ飛ばして、必死に短く切り上げて中編として出した作品でした。

なので今回の書籍《しょせき》化にあたり、webでは入れられなかったあれやこれやを改めて詰《つ》め込むことができて、とても嬉《うれ》しかったです。

ええ、詰め込みすぎて、少々ページ数が増えすぎ……申し訳ありません……。

そしてこの状況《じょうきょう》なのに、実はそれでも入っていないものもありまして。

確かに書いた記憶《きおく》はあるのに、webにも今回の書籍にも入らなかったほんの一行が、ちょっとだけ心残りだったりしています。

それは、たしかお話の最初の方、『神託《しんたく》の乙女《おとめ》』の説明のところあたりに当初は入っていたはずの一文「歴代の『神託の乙女』の五人は、生涯《しょうがい》固い友情で結ばれるのだという」という逸話《いつわ》。

なぜかいつの間にか消えていて、なのに後から入れようとしてもどこにも入らなかったという、とても残念な要素です。

これが、ラストのエスニアたちが生涯の友情を誓《ちか》う場面の伏線《ふくせん》になるはずだったのに……なぜ私は消したの……そしてどうして入らないのか……。

でももちろん本文には書いてなくても、その設定は変わりません。

だから今回の五人も、しっかりなんやかやと一生仲良く過ごすところまでは私の脳内では決定しています。

お話を書きながら、結局エスニアの一番近くでいつまでもきゃっきゃしていそうなのはエリザベスさまだなあとか、今回はあまり出せなかったフローレンスさまの筋肉好きが結《けっ》婚《こん》したら爆発《ばくはつ》しそうだなあとか、そんなこのお話のその後を考えるのも楽しかったです。

本作の刊行にあたりご尽力《じんりょく》をいただいた、全ての方に心からの感謝と御礼《おれい》を申し上げます。

そしてこの作品を読んでくださった全ての方に、心からの感謝を。

吉高《よしたか》　花《はな》

■ご意見、ご感想をお寄せください。
《ファンレターの宛先》
〒102-8177 東京都千代田区富士見 2-13-3
株式会社KADOKAWA ビーズログ文庫編集部
吉高花 先生・ゴゴちゃん 先生

ビーズログ文庫

●お問い合わせ
https://www.kadokawa.co.jp/（「お問い合わせ」へお進みください）
※内容によっては、お答えできない場合があります。
※サポートは日本国内のみとさせていただきます。
※Japanese text only

前世《ぜんせ》愛《あい》のない結婚《けっこん》をした夫《おっと》が今世《こんせ》、王太子《おうたいし》になってこっちを見《み》てくる

吉高花《よしたかはな》

2024年 4 月15日 初版発行

発行者　山下直久
発行　株式会社 KADOKAWA
〒102-8177 東京都千代田区富士見 2-13-3
（ナビダイヤル） 0570-002-301
デザイン　島田絵里子
印刷所　TOPPAN株式会社
製本所　TOPPAN株式会社

ISBN978-4-04-737960-2 C0193

定価はカバーに表示してあります。
◇◇◇

コミカライズ情報
コミックス1巻は、5月1日発売予定！
B's-LOG COMICにてコミカライズ連載中！
『独身主義の令嬢は、公爵様の溺愛から逃れたい』
著者／two
原作／吉高花（ビーズログ文庫）
キャラクター原案／KRN

ビーズログ文庫
死神騎士は
運命の婚約者を離さない
「君じゃなきゃダメだ」
キズモノ令嬢の私を
英雄様が離してくれません!
小《お》田《だ》ヒロ
イラスト/冨月《とみづき》一《いち》乃《の》
試し読みは
ここを
チェック★
王子に婚約破棄され、キズモノ令嬢になったエメリーンに
下った王命は、『死神騎士』ランスロットとの結婚!? って、
〈祝福〉目当てか……と契約関係を割り切っていたのに、
なぜか彼はとても大事にしてくれて――?

ビーズログ文庫
弱気MAX令嬢なのに、
辣腕《らつわん》婚約者様の
賭けに乗ってしまった
婚約破棄されるモブ悪役令嬢に転生！
でもこの状況、何かおかしくないですか!?
FLOS COMICにて
コミカライズ♪
シリーズ好評発売中！
小《お》田《だ》ヒロ
イラスト／Tsubasa.v
試し読みは
ここを
チェック★
乙女ゲームの悪役令嬢に転生したピア。自分の運命を知って弱気になり早々に婚約解消を願い出るが、逆に婚約者のルーファスから「私が裏切るような男だと思っているんだ?」と婚約続行の賭けを持ち出され!?